DIE 214

Günter Prodöhl

Der Mörder war auf UKW zu hören

Kriminalgeschichten aus dem Berlin der fünfziger Jahre

DAS NEUE BERLIN

Gesammelt und herausgegeben
von Wolfgang Mittmann

ISBN 3-360-01214-3

1. Auflage

Rosa-Luxemburg-Str. 39, 10178 Berlin
Umschlag- und Reihengestaltung: Matthias Gubig
Druck und Bindung: Ebner Ulm

Inhaltsverzeichnis

Vorbemerkung des Herausgebers

Der Autor Günter Prodöhl begann im Jahr 1955 eine Serie von Kriminalgeschichten für die DDR-Unterhaltungszeitschrift »Das Magazin«. Prodöhl, der als Gerichtsberichterstatter für mehrere Berliner Zeitungen arbeitete (»Nachtexpress«, »BZ am Abend«, »Berliner Zeitung«, »Neues Deutschland« und »Wochenpost«), stützte sich im wesentlichen auf Aktenmaterial des Ostberliner Polizeipräsidiums. Zu jeder Geschichte gehört daher die Fußnote »Erzählt nach Informationen der Volkspolizei. Alle vorkommenden Namen sind frei erfunden«.

Bei der Auswahl der Fälle ging Prodöhl davon aus, daß der Stoff genügenden Spielraum bot, um spannende Geschichten daraus zu formen. Er wollte die Vielseitigkeit polizeilicher Arbeit darstellen, und hinter den Kriminalfällen sollte ein gewisser Hauch von Sensationellem stehen. Seine Phantasie entzündete sich an den Tatsachen. Dabei gelang es dem Autor, die Elemente der Reportage und der Dokumentation mit der freigestalteten Erzählung zu verbinden. Alles wirkt leicht und einfach, als wäre es nur von der Wirklichkeit abgeschrieben. Prodöhl spürte die Zufälle und besonderen Umstände in den Aktenstücken auf, die er so zu ordnen wußte, daß literarische Geschichten daraus wurden.

Da die meisten Fälle sich im geteilten Berlin zugetragen haben, bilden sie aus heutiger Sicht zugleich ein buntes Kaleidoskop der Kriminalität, wie sie unter den Bedingungen der offenen Grenze in der Viersektorenstadt Berlin möglich war. Im Mittelpunkt seiner Geschichten agierten die Kriminalisten Bengsch, Schulz, Brugsch, Dittmann und Becker. Gelegentlich wechselt er die Figuren aus, nur für den Kommissar Schulz ist so etwas wie eine persönliche Entwicklung abzulesen. Prodöhl setzte auf den Vertrautheitseffekt bei den Lesern. So wurden aus dem Kriminalistenkollektiv, das manchmal als Duo, Trio oder im Quartett auftrat, die ersten Serienhelden in der DDR-Kriminalliteratur. Allerdings waren die tatsächlichen Polizisten, deren Fälle Prodöhl nacherzählte, nicht immer mit der literarischen Umsetzung zufrieden. Sie wollten die detailgetreue Schilderung »ihres« Falles; der Autor verfuhr nach ihrem Geschmack zu freizügig mit den Fakten. So in der Geschichte »Freitag nacht ...«, die vorrangig im Eisenbahnbetrieb angesiedelt ist – nach der DDR-Polizeistruktur eine absolute Domäne der Transportpolizei und ihrer Abteilung K.

Als der Verlag des Ministeriums für Nationale Verteidigung, Berlin, im Jahre 1960 eine Auswahl Prodöhlscher Kriminalgeschichten unter dem Titel »Solange die Spur warm ist ...« in die Buchhandlungen brachte, wurde der vom Autor bewußt gewählte Seriencharakter zerstört. Die Herausgeber hatten die Namen der Kriminalistenfiguren geändert, ihnen durchweg militärische Dienstgrade verpaßt und die exakten Strukturbezeichnungen der K, wie die Kripo in der DDR nach höchstamtlicher Verordnung hieß, eingeführt. Ordnung mußte eben sein! Und beflissen fügten sie in einer Nachbemerkung an: »Es möge bitte kein Leser auf den Gedanken kommen, der Anteil der Mordfälle in diesem Buch entspräche der Häufigkeit dieses Verbrechens im Vergleich zu anderen in unserer Deutschen Demokratischen Republik ...«

Prodöhls Krimis etablierten sich in kürzester Zeit zur festen Einrichtung im »Magazin«. Sie waren fast so beliebt wie die »züchtigen« Aktfotos, die »Das Magazin« sehr zum Verdruß manchen sozialistischen Spießbürgers veröffentlichen durfte.

Günter Prodöhl war am 29. Mai 1920 in der Familie eines Berliner Architekten geboren worden. Nach dem Besuch der Oberrealschule in Berlin-Moabit absolvierte er eine Ausbildung als Industriekaufmann. Die Firma, für die er nach dem Zusammenbruch 1945 in Westberlin arbeitete, ging während der Währungsreform von 1948 pleite. Prodöhls Ehefrau begann als Stenotypistin bei einer Zeitung zu arbeiten, und so bekam er – mehr zufällig – die Chance, gelegentlich Gerichtsberichte zu schreiben. Prodöhl war Autodidakt. Aus dem Industriekaufmann wurde ein guter Journalist. Und als solcher fühlte er sich – wie die meisten seiner Zunft – alsbald zu höheren literarischen Aufgaben berufen. Im November 1955 lösten Bengsch und Dittmann ihren ersten Mordfall in der Erzählung »Der Lippenstift«. 28 weitere mehr oder weniger gewichtige Fälle folgten bis zum Heft 1/1964. 1956 veröffentlichte Prodöhl die Abenteuererzählung »Perlen, Haie, Kraken«, doch sein Metier blieb der Krimi. 1957 gab der Verlag Das Neue Berlin seinen ersten Band authentischer Kriminalfälle aus Berlin unter dem Titel »Die im Dunkeln« heraus. In Zusammenarbeit mit Rudolf Hirsch entstand 1958 der Kriminalroman »Der todsichere Tip«. Dann wandte Prodöhl sich der Hörspiel- und Fernseharbeit zu. Zu den 29 »Blaulicht«-Spielen gesellten sich 8 Fernsehfilme in der Reihe »Kriminalfälle ohne Beispiel«. Zwischen 1960 und 1977 entstanden zudem 6 Bücher, in denen er aufsehenerregende Fälle aus der internationalen Kriminalgeschichte unter dem Reihentitel »Kriminalfälle ohne Beispiel« nacherzählte. Prodöhls Stärke erwies sich in seinen Tatsachenberichten und in seinen Kurzkrimis. So scheiterte das Sujet für einen Spionageroman, es wurde in der Erzählung »Nasse Fische« verarbeitet.

1988 ist der Autor, der zuletzt in Potsdam lebte, verstorben.

Die meisten seiner Kriminalgeschichten hat Günter Prodöhl ab 1960 als Drehbuchvorlagen für die TV-Spielserie »Blaulicht« benutzt, gewissermaßen das Pendant zur »Stahlnetz«-Reihe der ARD, deren Drehbücher von Wolfgang Menge geschrieben wurden. »Stahlnetz« gilt heute als »Kult-Serie«, während »Blaulicht« aus technischen Gründen nicht mehr aufzuführen ist.

Prodöhls Geschichten entstanden in einer Zeit, da im DDR-Krimi finstere Nazimörder oder »Agenten im RIAS-Sold« als Tätertypen Konjunktur hatten. Der Autor Prodöhl hielt sich nur selten an die ideologischen Vorgaben. Insofern sind seine Storys interessante Zeitzeugnisse, die eine neuerliche Herausgabe rechtfertigen. Die vorliegende Auswahl hält sich an die Originalfassungen, die zwischen 1956 und 1961 in den Zeitschriften »Das Magazin« (Verlag »Das Neue Berlin«) und »DDR-Revue« (Verlag »Zeit im Bild«, Dresden) erschienen sind.

Verlag und Herausgeber schulden der Witwe des Autors, Frau Irmgard Prodöhl, besonderen Dank.

Wolfgang Mittmann

Das Fenster zur Straße

Bergstraße 28! Ein zweistöckiges Mietshaus im Berliner Osten. Seit Jahrzehnten beherbergt es dieselben Familien. Oben wohnen Buschkes und Jansons, darunter Oppermanns und Schulzes und im Paterre der fast siebzigjährige Schuhmachermeister Förster mit seiner gelähmten Frau.

Vom frühen Morgen bis zum späten Abend sitzt Oma Förster im Rollstuhl am Küchenfenster. Das Fenster zur Straße ist ihr einziger Kontakt zum Leben draußen. Was sich vor ihrem Fenster zuträgt, ist ihre Welt und wird von ihr mit erstaunlicher Gedächtnisstärke registriert. So wie die Ereignisse dieses Sonnabends.

Ein Uhr mittags ist es. Jansons kommen nach Hause. Gerhard Janson von der Oberschule, an der er als Lehrer tätig ist, seine Frau Hilma aus der Maschinenfabrik. Anderthalb Stunden später geschieht etwas Ungewöhnliches! Der Schulleiter Nägler erscheint in der Fensteröffnung, stellt sein Fahrrad an die Wand, grüßt und geht ins Haus. Während Oma Förster noch Betrachtungen anstellt, was der Schulleiter wohl am Samstagnachmittag im Hause sucht, ist er schon wieder da, sagt: »Bei Jansons ist ja niemand in der Wohnung. Wissen Sie nicht, wo die sein können?«

Oma Förster überlegt. Um eins sind sie gekommen, weggegangen ist niemand ..., dann schüttelt sie den Kopf. Doch der Schulleiter ist in Eile. »Bitte, sagen Sie Gerhard doch, er möchte zu mir in die Wohnung kommen«, ruft er ihr zu und fährt davon.

Vom nahen Kirchturm schlägt es vier. Oma Förster unterhält sich gerade mit Frau Oppermann, da kommt Gerhard Janson aus dem Haus. Oma Förster spricht ihn an: »Gerhard, dein Schulleiter war vorhin hier. Du sollst ...« Da fällt ihr auf, daß er seltsam blaß und verstört aussieht. Ehe sie weiterreden kann, sagt Janson: »Meine Frau ist tot. Ich gehe schnell einen Arzt holen.« Dann entfernt er sich rasch.

Oma Förster und Frau Oppermann sehen sich erschrocken an. Die Hilma soll tot sein? Sie ist doch kaum fünfundzwanzig Jahre alt und vor drei Stunden noch quicklebendig mit ihrem Mann nach Hause gekommen. – Die beiden Frauen können es nicht fassen.

Volkspolizeirevier 2 den 23. Juni ...
Abt. K
Aktennotiz

Heute erschien auf der Dienststelle der Schulleiter Nägler und erstattete Anzeige gegen den Lehrer Gerhard Janson wegen Mordverdachts. Begründung:

»Drei Tage vor dem Tode seiner Frau kam Janson zu mir und bat um einige Tage Urlaub, um seine plötzlich lebensgefährlich erkrankte Frau pflegen zu können. Gestern erfuhr ich von einem Bekannten, der im Betrieb der verstorbenen Frau Janson arbeitet und ihr Vorgesetzter ist, daß die angeblich so schwerkranke Frau auf ihrer Arbeitsstelle gar nicht gefehlt hatte und bis wenige Stunde vor ihrem Tode im Büro war. Keinem ihrer Kollegen hatte sie auch jemals nur eine Andeutung gemacht, daß sie krank sei. Weiter ist mir bekannt geworden, daß Janson wenige Tage nach der Beerdigung eine gewisse Irmgard Binz, zu der er schon seit Monaten ein Liebesverhältnis unterhielt, zu sich in die Wohnung nahm und inzwischen mit ihr nach Kühlungsborn in Urlaub gefahren ist. Das alles läßt mich an einem natürlichen Tode der Frau Janson zweifeln.«

Zu bemerken ist noch, daß ein ordnungsgemäßer Totenschein, ausgestellt von der praktischen Ärztin Dr. Hilde Tessin, auf Herzschlag vorliegt. Es wurde die Exhumierung der am 16.6. beigesetzten Leiche und ihre Überführung an das Gerichtsmedizinische Institut zur Obduktion angeordnet. Der Aktenvorgang ist zuständigkeitshalber an die Mordkommission weitergeleitet worden.

gez. Schulz
VP-Kommissar

Vierundzwanzig Stunden später hat der Leiter der Mordkommission, Volkspolizeirat Bengsch, den Obduktionsbefund auf dem Schreibtisch. Er lautet: »Obduktion wurde durch den fortgeschrittenen Fäulniszustand der Leiche stark beeinträchtigt. Die vorgenommenen feingeweblichen Untersuchungen ergaben keine Anhaltspunkte für einen Herztod. Genausowenig sind Merkmale für einen Tod durch Gewalteinwirkung festgestellt worden. Als wahrscheinliche Todesursache kann eine Giftbeibringung angenommen werden. Wenn auch in den untersuchten inneren Organen keine Giftreste mehr nachzuweisen waren, so schließt das nicht aus, daß bestimmte Alkaloide-Gifte, wie Digitalis, Strophantin und vor allem das Pflanzenschutzmittel E 605, die sich innerhalb kurzer Zeit mit dem Fäulnisprozeß zersetzen, den Tod ausgelöst haben. Abschließend ist zu sagen, daß die genaue Todesursache medizinisch nicht mehr zu ermitteln ist, ein natürlicher Tod aber mit hoher Wahrscheinlichkeit verneint werden kann.«

Enttäuscht legt Bengsch den Befund aus der Hand, liest nochmals das dünne Aktenstück durch und sagt zu seinem Mitarbeiter Dittmann: »Damit sollen wir nun etwas anfangen: ›wahrscheinlich‹, ›schließt nicht aus‹, ›keine Anhaltspunkte‹ und so weiter. Das reicht doch nicht aus, um einen Mörder zu überführen. Gewiß, die Umstände drängen einem den Verdacht auf. Aber Verdacht hin, Verdacht her. Welche wirklich unumstößlichen Beweise haben wir? Der Mann hat gelogen, seine Frau war nicht schwer krank. Die Obduktion ergab: vermutlich Gifttod; der Totenschein behauptet Herzschlag! Der Arzt muß es doch wissen. Weiter: Der Janson hat eine Geliebte und ist mit ihr verreist. Gut, ich gebe zu, das erscheint einem ordentlichen Bürger verdächtig, aber können wir damit einen Mord beweisen? Nach dem Totenschein ist die Frau zwischen zwei und drei Uhr verstorben. Jetzt hören Sie aber die Aussage des Schulleiters. Hier sagt er: ›Janson kam gegen sechzehn Uhr fünfzehn in meine Wohnung und erzählte mir, daß seine Frau gestorben sei. Er war sehr bedrückt, und ich hatte noch keinen Anlaß, an seinen Worten zu zweifeln. Auf meine Frage, warum er mir um halb drei nicht geöffnet habe, als ich ihn aufsuchen wollte, antwortete er, er sei wenige Minuten nach ein Uhr aus dem Hause gegangen, um für Sonntag einzukaufen. Als er um drei Uhr wiederkam, fand er seine Frau tot in der Küche auf ... usw.‹ – Nach diesen Angaben kann doch Janson während der Tatzeit nicht in der Wohnung gewesen sein, zumindest können wir ihm nicht das Gegenteil beweisen. Damit hat er die Möglichkeit, zu behaupten, seine Frau habe wegen seiner Geliebten Selbstmord begangen, wenn wir ihm wirklich den Herztod widerlegen können.«

Bengsch klappt mißmutig den Aktendeckel zu, überlegt eine Weile und sagt dann: »Dittmann, wir werden noch nicht zugreifen. Soll sich der Janson ruhig noch ein paar Tage in Kühlungsborn erholen. Der hat es vielleicht noch nötig. Um gegen ihn vorgehen zu können, brauchen wir mehr Material. Wir werden uns an Ort und Stelle umsehen, vor allen Dingen die Ärztin und die Wohnung unter die Lupe nehmen.«

Die Ärztin ist zwar überrascht, als zwei Herren von der Kriminalpolizei bei ihr vorsprechen, gibt aber ruhig und selbstsicher die gewünschten Auskünfte. »Ich selbst war nicht zu Hause, als Janson an dem Samstagnachmittag in meine Praxis kam. Mein Mann informierte mich, und gegen neunzehn Uhr bin ich dann in seine Wohnung gefahren ...«

Bengsch unterbricht sie: »Bitte, Frau Doktor, schildern Sie uns genau, was Sie dort vorgefunden haben. Es kommt auf jede Einzelheit an.«

»Da ist nicht viel zu schildern, Herr Kommissar. Die Frau lag leblos im Bett, und ich konnte nur noch den Tod feststellen.«

»Haben Sie sie gründlich untersucht?« fragt Bengsch.

»Gründlich? Ich weiß nicht, was Sie darunter verstehen. Sie war tot. Nach der Leichenstarre zu urteilen, war der Exitus vor vier, höchstens fünf Stunden erfolgt. Bei der Beurteilung der Todesursache mußte ich mich auf die Angaben des Ehemannes verlassen. Er sagte mir, daß seine Frau seit langem herzkrank war und von Dr. Kerbler, einem Kollegen von mir, behandelt wurde. Er erwähnte auch, daß er ursprünglich Dr. Kerbler holen wollte, ihn aber nicht erreichen konnte. Das war durchaus glaubhaft. Samstagnachmittag ist es schwer, einen dienstfreien Arzt zu bekommen.«

»Dennoch, Frau Doktor, war es nicht leichtfertig von Ihnen, ohne jede Nachprüfung der Angaben den Totenschein auszustellen? Möglicherweise ist dadurch die Aufklärung eines Verbrechens erschwert, wenn nicht gar unmöglich gemacht worden.«

Die Ärztin wird blaß. »Soll das ein Vorwurf sein, Herr Kommissar? Ich bin Arzt und nicht Kriminalbeamter. Dieser Herr Janson ist Lehrer und ein angesehener Bürger unserer Stadt. Ich hatte keinen Anlaß, in ihm einen Mörder zu sehen.«

Bengsch verzichtet auf eine Entgegnung. Die erhaltenen Auskünfte genügen ihm. Nach kurzer Verabschiedung verläßt er mit Dittmann das Zimmer. Im Wagen sagt er: »Immerhin sind wir einen Schritt weitergekommen. Herzschlag können wir wohl jetzt mit ruhigem Gewissen ausschließen. Auf alle Fälle suchen Sie aber noch diesen Dr. Kerbler auf. Ich werde inzwischen zu dem Schulleiter fahren. Wir sehen uns dann in der Bergstraße 28.«

Der Besuch beim Schulleiter Nägler ist nur von kurzer Dauer. Alles, was er über den Fall berichten kann, ist Bengsch bereits aus der Akte bekannt. Er will sich schnell verabschieden, da sagt der Schulleiter: »Mir fällt noch ein, einen Tag bevor mich Janson um Urlaub bat, hatten wir ihn zu einer Lehrertagung nach Potsdam geschickt. Gestern erfuhr ich, daß er nicht auf der Tagung war, statt dessen aber aus Westberlin einen Badeanzug für seine Freundin besorgt haben soll. Ich weiß nicht, ob das für Sie wichtig ist, auf alle Fälle ...«

Blitzschnell geht es Bengsch durch den Kopf: Einen Tag vor dem Urlaub – Badeanzug – Kühlungsborn. Dann wußte Janson also schon vier Tage vor dem Tode seiner Frau, daß er mit seiner Geliebten verreisen würde!

Dankbar schüttelt Bengsch dem Schulleiter die Hand. »Das war sehr wichtig, Herr Nägler. Wieder ein Glied in der Kette.«

In der Wohnung Jansons erwartet Dittmann ungeduldig seinen Chef. »Wir haben es bald.« Er strahlt über das ganze Gesicht und berichtet: »Also, Frau Janson war nie herzkrank gewesen. Dr Kerbler kennt sie nur von den jährlichen Reihenuntersuchungen, die er in ihrem Betrieb durchführt. Vor vier Wochen hat er sie untersucht. Sie war kerngesund. Das vorweg. Inzwischen hab ich mich hier in der Wohnung umgesehen und ein paar aufschlußreiche Briefe gefunden. Alle sind adressiert an Fräulein Irmgard Binz. Ich sage Ihnen, die ganze Chronik der Affäre Janson–Binz haben wir da zusammen. Bitte, hören Sie zu, fängt ganz harmlos an: ›Geehrtes Fräulein Irmgard!‹ Dann wird es vertraulicher: ›Liebe Irmgard!‹ Und hier kommt es ganz dick: ›Geliebte süße Irms!‹ – Aber das Interessanteste, die ›süße Irms‹ wollte geheiratet werden. Drängte immer wieder auf Scheidung und drohte mit der Lösung des Verhältnisses. Wohl oder übel hat er ihr dann auch versprochen, sich scheiden zu lassen, nannte sogar den 11.6. als Termin. Das war aber nur eine Ausrede, um Zeit zu gewinnen. Als er mit dem Termin in Bedrängnis kam, tauchte plötzlich die schwere Krankheit seiner Frau auf. Zu diesem Zeitpunkt muß er demnach den Plan für die Ermordung seiner Frau gefaßt haben. Hier schreibt er ihr auch schon: ›Ich habe für Dich in WB einen Badeanzug gekauft, damit Du die Schönste in Kühlungsborn bist!‹ – Also wußte er an diesem Tage bereits, daß seine Frau nicht mehr mit ihm nach Kühlungsborn fahren kann.«

Bengsch wirft ein: »Alles schön und gut, Dittmann.

Ihre Theorie ist überzeugend. Nur zwei Punkte haben Sie vergessen. Erstens: Womit hat Janson seine Frau vergiftet? und zweitens: Wie können wir nachweisen, daß er zur Tatzeit in der Wohnung war?«

Enttäuscht faltet Dittmann die Briefe zusammen. Bengsch geht nervös im Zimmer auf und ab. Dabei fällt sein Blick auf einen großen Kachelofen. Ohne noch richtig zu wissen, warum, schraubt er die Eisentür auf, leuchtet mit einem Streichholz hinein und fördert schließlich mit der Kohlenschaufel einen Haufen halbverkohlten Papiers zutage. Vorsichtig blättert er ihn auseinander, zieht die Reste zweier Zeitungsausschnitte und einen angesengten Bogen Einwickelpapier heraus. Wortlos hält er sie Dittmann hin.

»So, nun wissen wir auch, womit Janson seine Frau umgebracht hat und woher er die Anregung bezog. ›Tatsachenbericht über die Wormser Giftmörderin Christa Lehmann‹ in der ›BZ‹. Die Westpresse lieferte ihm die komplette Gebrauchsanweisung. Und die Bezugsquelle steht auf dem Einwickelpapier: ›Kant-Drogerie, Berlin-Charlottenburg.‹ – Ein Glück, daß alte Öfen manchmal so schlecht brennen. Ich glaube, Dittmann, es ist Zeit zuzugreifen. Veranlassen Sie nachher gleich, daß Janson in Kühlungsborn festgenommen wird. Bis dahin wollen wir noch versuchen, den letzten Punkt zu klären. Das ›I-Tüpfelchen‹ fehlt noch auf dem lückenlosen Indizienbeweis. Der Schulleiter hat mir vorhin von einer alten Dame erzählt, die gelähmt ist und den ganzen Tag an ihrem Fenster verbringt. Sie wird wohl am ehesten über die Vorgänge im Hause Auskunft geben können.«

Oma Förster braucht nicht lange zu überlegen, als sie von Bengsch gefragt wird, ob sie sich noch der Einzelheiten erinnert, die mit dem Tode der Frau Janson zusammenhängen.

»Natürlich, Herr Kommissar, ganz genau weiß ich das noch. Im Vertrauen gesagt, die Sache kam mir ja gleich komisch vor. Um eins kam die Hilma noch gesund und munter mit ihrem Mann nach Hause, und um vier war sie schon tot. Und dann, daß der Gerhard nicht in der Wohnung war, das kann doch gar nicht stimmen. Ich hab mich gleich gewundert, als der Schulleiter zu mir sagte: Bei Jansons ist keiner da. Na schön, dachte ich mir, vielleicht hast du nicht aufgepaßt. Aber dann hab ich ja extra auf sein Wiederkommen gewartet. Ich sollte ihm doch vom Schulleiter eine Bestellung ausrichten. Er kam aber nicht. Um vier sah ich ihn dann aus dem Hausflur treten. Er war ganz blaß und sagte nur, er will einen Arzt holen, seine Frau ist gestorben. Da kann er doch nie weg gewesen sein. Die Frau Oppermann wird Ihnen das auch bestätigen.«

Bengsch nickt Dittmann zu und sagt leise: »Das war das ›I-Tüpfelchen‹!«

An einem Spätsommertag legt Oberkommissar Dittmann seinem Chef die Morgenausgabe der »Berliner Zeitung« auf den Tisch. Eine Meldung hat er angekreuzt, und Bengsch liest:

»Nach dreitägiger Verhandlung verurteilte gestern der Dritte Strafsenat den 36jährigen Gerhard Janson wegen Mordes an seiner Ehefrau zu lebenslänglichem Zuchthaus. Der Angeklagte leugnete hartnäckig, wurde aber durch einen lückenlosen Indizienbeweis überführt. Er hatte am 13. Juni ...«

Ausweis Nr. XV 0869888

Sie saß an dem Tisch neben der Kapelle. Mechanisch nippte sie an ihrem lauwarmen Bier und sah dann wieder gedankenverloren den tanzenden Pärchen auf dem Parkett zu. Sie langweilte sich. Den ganzen Abend schon. Und doch ging sie nicht nach Hause, obgleich sie es sich jedesmal vornahm, wenn die Männer achtlos an ihrem Tisch vorbeidrängten, um die anderen Mädchen zum Tanz zu holen. Sie war nicht einmal häßlich, nur zu unauffällig und wohl auch nicht mehr jung genug, die Aufmerksamkeit auf sich zu lenken.

Wieder sagte sie sich: Geh doch, das ist kein Lokal für dich, dieses Ballhaus. Und wieder blieb sie sitzen. Was sollte sie zu Hause? Dort war sie allein mit sich und ihrer Einsamkeit. Seit über zehn Jahren schon, seitdem ihr Mann gefallen war.

Dann hörte sie die Stimme neben sich: »Verzeihung, würden Sie mit mir tanzen?« Erschrocken sah sie auf. Galt das wirklich ihr?

Der Mann, der sich zu ihr hinabgebeugt hatte, war jünger als sie. Eine blonde Locke war ihm in die Stirn gefallen, das gab ihm ein jungenhaftes Aussehen.

Nur der Mund machte ihn älter. Er war voll und sinnlich. Beinahe brutal, dachte sie. Verwirrt stand sie auf und ging zur Tanzfläche. Er gefiel ihr, das wußte sie, und deshalb zitterte sie jetzt.

Die Kapelle spielte einen Tango. Dazu wurde die Saalbeleuchtung ausgeschaltet. Von irgendwoher tasteten sich müde einige Scheinwerferkegel durch das rauchige Dunkel zur Decke hoch, brachen sich in einer rotierenden Glaskugel und fielen dann wie Konfetti auf die Tanzenden herab. Er legte fest den Arm um sie und preßte sie an sich. Sein Körper drängte sich dichter an sie heran. Anfangs wehrte sie sich dagegen, doch dann kam sein Mund immer näher. Es war lange her, daß ein Mann sie geküßt hatte.

Vor der Haustür, als sie nach ihrem Schlüsselbund in der Handtasche suchte, fuhr sie plötzlich erschrocken zusammen. Ihr Ausweis fehlte. Nervös kramte sie in der Tasche.

Er sagte ungeduldig: »Nun mach doch schon! Es zieht hier so, und dauernd kommen Leute vorbei.«

Sie war ganz verwirrt. Um Zeit zu gewinnen, sagte sie: »Ja doch, ich finde meinen Ausweis nicht«, und dann suchte sie weiter. Ein Verdacht stieg schließlich in ihr auf. Vorhin, als sie beide an der Bar gesessen hatten, war ihre Handtasche heruntergefallen. Er hatte sie versehentlich von der Bartheke gerissen. Ob er beim Einsammeln der paar Dinge, die verstreut an der Erde lagen, etwa ...? Doch sie verwarf den Gedanken wieder. Was sollte er wohl mit ihrem Ausweis? Ihr Portemonnaie war ja noch in der Tasche.

Dann sagte er auch schon zu ihr: »Nun laß doch den dummen Ausweis. Du wirst ihn zu Hause haben.«

Sie schüttelte den Kopf. »Nein, ich hatte ihn mit. Ich hab ihn doch dem Kellner gezeigt.«

»Na, dann hast du ihn irgendwo verloren, das ist doch nicht so wichtig. Der Finder wird ihn dir zuschicken, oder du läßt dir von der Polizei einen neuen ausstellen.«

Sie wurde verlegen. »Ja, das schon, aber ...« Sie zögerte. »Ich hab dir doch vorhin erzählt, daß ich bei der Reichsbahn Wagenwäscherin bin. Ich verdiene nicht soviel. Zweihundertachtzig Mark im Monat. Ein neuer Ausweis kostet dreißig Mark, das ist viel Geld für mich.«

»Aber Kindchen«, er lachte amüsiert und küßte sie dann flüchtig. »Wenn das deine ganze Sorge ist! Ich gebe dir nachher die dreißig Mark, und wenn du zu mir hältst, dann bist du auf die lächerlichen zweihundertachtzig Mark überhaupt nicht mehr angewiesen.«

Sie verstand nicht, was er meinte, sah ihn fragend an.

»Ich erkläre dir das später. Nun mach aber, schließ schon die Tür auf!«

»Nee, nee, Herr Polizeirat«, sagt Otto Hering im Brustton der Überzeugung. »Nee, wat Sie mir da unter die Weste jubeln woll'n, det steht nich. Damit hab ick absolut nischt zu tun!«

Otto Hering war vorläufig festgenommen worden unter dem Verdacht, umfangreiche Schiebungen mit Ferngläsern und Fotoapparaten betrieben zu haben, und war vor wenigen Minuten dem VP-Rat Bengsch zur Vernehmung zugeführt worden. Otto Hering ist darüber tief beleidigt, bekümmert schüttelt er seinen massigen Kopf. »Siebzehn Contax, sechs Teleobjektive und neun Feldstecher?« meditiert er vor sich hin, »Mann, wo soll ick det Jeld herjehabt haben, um die Dinger zu koofen. Ick hab doch nicht die Notenbank jeknackt. Nee, Herr Rat, da will ick Emil heißen, wenn det meine Arbeet is.«

Bengsch sind solche Unschuldbeteuerungen vertraute Worte. Er kennt Hering aus langjähriger, wenn auch nicht ganz freiwilliger Zusammenarbeit. Fast ein Dutzend Vorstrafen wegen Schiebereien mit Zigaretten, Buntmetall und Lebensmitteln stehen seither in Otto Herings Strafregister vermerkt. Und jedesmal hatte er Stein und Bein geschworen, unschuldig wie ein neugeborenes Kind zu sein. Bengsch läßt sich auch diesmal nicht von seinem Lamentieren beirren.

»Erzählen Sie mir keine Geschichten, Hering. Wenn ich Sie herzitieren lasse, dann habe ich auch gute Gründe dafür, das müßten Sie doch am besten wissen«, sagt er freundlich lächelnd.

Hering dreht nervös seine Mütze in den Händen, richtet sich plötzlich auf und sieht sein Gegenüber herausfordernd an. »Auf Ihre Gründe bin ick aba neujierig, Herr Rat. Det Se sich man nur nich jeirrt haben.«

Bengsch holt aus seinem Aktendeckel ein Fernschreiben, auf dem Hering flüchtig die Worte »Sehr dringend« und »Operativstab Optik« entziffern kann. »Hören Sie mal her, was mir die Volkspolizei Jena schreibt«, sagt Bengsch dazu und zitiert dann aus dem Schreiben: »Herr Otto Hering, geboren am 18.09.1902, wohnhaft Berlin, Prenzlauer Allee, hat am 3., 4. und 5. Dezember in sechzehn Spezialgeschäften des Konsums und der HO insgesamt zweiunddreißig nachfolgend im einzelnen aufgeführte optische Geräte aufgekauft. Na und so weiter.« Bengsch legt das Fernschreiben zur Seite und sagt dann eindringlicher: »Meinen Sie, Hering, daß man sich das in Jena aus der Luft gegriffen hat?«

Otto Hering zuckt gleichgültig mit den Schultern. »Scheinbar doch! Ick hab mein Lebtag noch keen Fernglas in Jena gekooft, geschweige denn verschoben ...«

»Aber, Otto«, redet nun Bengsch leutselig auf ihn ein. »So dumm sind Sie doch nicht. Sie wissen ganz genau, daß ich nicht bluffe oder Ihnen blauen Dunst vormache. Sie wissen auch: Beim Kauf eines optischen Gerätes muß der Käufer einen Revers unterschreiben, der seinen Namen, seine Adresse und die Nummer seines Personalausweises enthält. Und ein Durchschlag wird registriert.« Ernster werdend, fügt Bengsch hinzu: »Leider Gottes sind diese Maßnahmen notwendig, solange die Spaltung Berlins von solchen Leuten wie Sie für dunkle Geschäfte ausgenützt wird.«

Otto Hering betrachtet verständnislos das Schreiben, das vor ihm auf dem Schreibtisch liegt. »Also nu vasteh ick janischt, Herr Rat. Mir is unbejreiflich, wie die zu mein Namen gekommen sind. Ick hab noch nie so 'n Revers oder wie det Ding heißt, unterschrieben. Seit mein letzten Knast hab ick überhaupt keine krummen Sachen mehr jemacht ...«

Verärgert nimmt Bengsch jetzt das Fernschreiben und legt es in den Aktendeckel zurück. »Na schön, wie Sie wollen, Hering. Da will ich schnell die von Ihnen unterschriebenen Kaufverträge beschaffen, vielleicht fällt Ihnen dann wieder ein, daß Sie die Geräte gekauft haben. So lange müssen Sie aber schon unser Gast bleiben.«

Kopfschüttelnd läßt sich Otto Hering von dem eintretenden Volkspolizisten abführen. Als er vierundzwanzig Stunden später wieder vorgeführt wird, empfängt ihn der Volkspolizeirat mit verlegenem, wie um Entschuldigung bittendem Lächeln. Als er gar um seinen Schreibtisch herum kommt, den Besucherstuhl für ihn zurechtrückt und ihn mit einladender Handbewegung zum Sitzen auffordert, fragt Hering sofort voll tiefen Mißtrauens: »Na, was is'n nu wieder?«

Bengsch geht erst zum Schreibtisch zurück, ehe er

antwortet. Mit der Hand deutet er auf einen aufgeschlagenen Personalausweis und einen Packen Zettel. »Hier sind die Reverse, Hering. Tja, tut mir schrecklich leid, daß ich Sie verdächtigt habe ...«

Verblüfft über die nicht erwartete Wendung, antwortet Otto Hering: »Wat'n nu uf eenmal? Wie soll ick 'n det verstehen?«

»Die Unterschriften beweisen es! Sie sind nicht identisch mit der in Ihrem Ausweis!«

Hering zuckt nur hilflos mit den Schultern. Die Zusammenhänge gehen ihm noch nicht ein. »Det müssen Sie mir mal deutlicher erklären, Herr Rat.«

Ehe Bengsch weiterspricht, nimmt er aus einem Schreibtischfach eine Schachtel Zigaretten. »Rauchen Sie mal eine zur Beruhigung. So, und nun passen Sie gut auf. Der Ausweis, mit dem die zweiunddreißig optischen Geräte gekauft worden sind, ist offensichtlich auf Ihren Namen gefälscht worden. Auf den Reversen steht eine ganz andere Nummer als in Ihrem Ausweis.«

»Ick versteh imma Bahnhof, Herr Rat«, sagt Otto zu dieser Eröffnung nur.

Bengsch lächelt. »Das hört sich nur so verzwickt an, ist aber ganz einfach. Der wirkliche Optikschieber, für den wir Sie irrtümlich hielten, hat die Geräte auf einen Personalausweis gekauft, der auf Ihren Namen gefälscht war, das heißt, Vorname, Zuname, Adresse und Geburtsdatum waren gefälscht. Das läßt sich mit chemischen Mitteln anstellen. Nur die gedruckte Ausweisnummer, die läßt sich nicht verändern.«

Otto Hering hat nun doch begriffen, welch hinterhältigem Gaunertrick er den kurzfristigen Aufenthalt in der Zelle des Polizeigefängnisses zu verdanken hat. Zunächst atmet er hörbar auf, aber dann bemüht er sich, eine empörte Miene aufzusetzen. »Eigentlich is det ja'n bißchen happig, Herr Rat, 'n ehrlichen Menschen für nischt und wieder nischt einzusperren ...« Dann glättet sich sein breites Gesicht aber schnell wieder und macht einem versöhnlichen Lächeln Platz. »Aba weil wa uns so lange kennen tun, will ick Ihnen mal verzeihen. Die Polizei kann sich ja auch mal irr'n.«

Ein Lächeln unterdrückend, sagt Bengsch: »Na, Herr Hering, bei Ihren Vorstrafen war der Verdacht wohl nicht ganz abwegig. Aber es freut mich, daß Sie sich nunmehr zu den ehrlichen Menschen zählen. Da werden Sie gewiß interessiert sein, uns weiterzuhelfen!«

Bei den letzten Worten hebt Hering sofort den Kopf und mustert Bengsch voll unverhohlenen Mißtrauens. »Helfen? Wie mein Se'n det? Wie soll ick Ihn denn weiterhelfen könn?«

Bengsch greift wieder zu seinem Aktendeckel und entnimmt ihm einen Stoß Geschäftsbriefe, die er Hering zur Einsicht hinlegt. »Sehen Sie sich mal diese Briefe an. Alles Schreiben westeuropäischer oder überseeischer Firmen, die mit unseren Handelsorganen Exportgeschäfte abgeschlossen hatten. Lesen Sie selbst, was die uns schreiben.«

Gehorsam vertieft sich Hering in die Briefe. »Müssen Auftrag über zweitausend Contax-Kameras leider stornieren. Apparate werden hier in gleicher Qualität von anderen Lieferanten weit unter Marktpreis angeboten ...«, liest er und weiß doch herzlich wenig damit anzufangen.

»Wissen Sie, was das bedeutet, Hering? Auftrag über zweitausend Contax storniert? Ungefähr eine halbe Million Dollar sind unserem Außenhandel bei diesem einen Auftrag durch die Lappen gegangen. Mehrere tausend Zentner Bananen, Apfelsinen oder Kaffee können nicht mehr eingeführt werden! Und wissen Sie, wer diese ›anderen Lieferanten‹ sind? Die Leute, die beispielsweise mit einem irgendwo gestohlenen und auf den ehrlichen Namen Otto Hering gefälschten Ausweis bei uns Kameras aufkaufen und dann über ihre Hintermänner ins Ausland verschieben.«

Otto Hering nickt jetzt zögernd. »Ja, ja, allet jut und schön, aber warum machen sich denn die Brüder soviel Umstände? Ausweise klauen, fälschen ...«

»Sie wollen nicht erwischt werden, Hering. Die kennen unser Kontrollsystem. Um es zu umgehen, kaufen sie innerhalb von ein, zwei Tagen mit einem gefälschten Ausweis in sämtlichen erreichbaren Geschäften Apparate ein. Ehe die Kaufmeldung in Jena eintrifft, sind sie über alle Berge und schon wieder mit einem anderen Ausweis unterwegs.«

»Hm«, brummt Otto Hering, »det begreife ick schon. Aba schleierhaft ist mir noch immer, wie ausjerechnet ick det verhindern könnte?«

»Augenblick, Hering. Vergessen Sie nicht, der Verbrecher, der da auf Ihren Namen gereist ist und die sechzehn Geschäfte abgegrast hat, muß Sie doch irgendwoher kennen. Wie sollte er sonst so genau über Ihre Personalien informiert sein? Denken Sie mal scharf nach. Gibt es vielleicht in Ihrem früheren ›Kollegenkreis‹ jemand, der für solche Sachen Interesse gezeigt hat?«

Die Stirn in tiefe Falten gelegt, denkt Otto Hering angestrengt nach. »Warten Se mal, Herr Rat«, beginnt er dann umständlich. »Als ick det letztemal wejen die Gänseschiebungen in Rummelsburg saß, da hatten Se doch auch mein Geschäftsfreund Briddi mit eingesperrt. Wissen Se, der Horst Briddigkeit aus Charlottenburg. Damals in Rummelsburg sagte er zu mir: ›Otto‹, sagte er, ›das Gänsegeschäft ist nur eine Übergangsbeschäftigung, damit wir zu Kleingeld kommen. Nachher machen wir in Optik, das wirft mehr ab.‹ Der redete doch immer so jeschwollen. Is schon möglich, daß der sich jetzt alleene auf Optik jeschmissen hat. War übrigens 'n flotter Knabe, der Briddi, und Chancen hatte der bei de Weiber! Wat er mir jedenfalls im Bau immer erzählt ...«

»Schönen Dank, Herr Hering«, unterbricht nun Bengsch den Redestrom und notiert sich den Namen Horst Briddigkeit.

Erwartungsvoll sieht ihn Hering an. »Nützt Ihn det wat, Herr Rat? Kann ick nu jehn?«

»Vielleicht, Hering. Ein Anhaltspunkt ist es auf alle Fälle. Und wenn Sie mal was von ihm hören, dann lassen Sie es mich wissen. Nun können Sie auch gehen, und nochmals Entschuldigung für den Mißgriff«, sagt Bengsch und ist schon mit neuen Überlegungen beschäftigt, als er Hering seinen Ausweis zurückgibt und »Auf Wiedersehen!« sagt. Deshalb versteht er nicht recht, warum Otto erschrocken die Hände hebt und lächelnd sagt: »Man lieber nich, Herr Rat.« Mit langen Schritten geht er dabei zur Tür.

Sofort führt Bengsch ein Telefongespräch mit der Haftanstalt in Rummelsburg und vermerkt dann auf seinem Zettel hinter dem Namen Horst Briddigkeit: »Entlassen am 16. Juli nach neunmonatiger Strafverbüßung. Seither nicht wieder in Erscheinung getreten.«

Es klopft an der Zimmertür. Ein uniformierter Volkspolizist tritt ein, legt einen Zettel auf den Schreibtisch. »Genosse Rat, die Personalien der Ausweisnummer, die Sie vorhin angefordert haben.«

»Ach ja, danke schön, Gerber«, antwortet Bengsch noch immer in Gedanken, lehnt sich dann aber in seinem Sessel zurück und zieht mit dem linken Bein die unterste Schublade des Schreibtisches heraus. Gemächlich streckt er beide Beine aus und vertieft sich in den überbrachten Zettel, der Namen und sonstige Angaben des auf die Nummer XV 0869888 ausgestellten und inzwischen auf den Namen Otto

Hering verfälschten Personalausweises enthält. »Erna Secklau, geboren 19. Januar 1915, wohnhaft Berlin, Dimitroffstraße, Wagenreinigerin im Reichsbahnbetriebsbahnhof Schöneweide, liest er. Bengsch überlegt einen Augenblick, greift erneut zum Telefon und wählt die Nummer der Fahrbereitschaft. »Einen Wagen nach Schöneweide.«

Erna Secklau hat die Frühschicht beendet und will gerade nach Hause gehen, als ihr der Pförtner nachruft: »Kollegin Secklau, Sie möchten doch gleich mal zur Kaderabteilung 'raufkommen!«

Mißtrauisch mustert Erna Secklau den Mann, der sich bei ihrem Eintreten vom Besucherstuhl erhebt. Als er ihr freundlich die Hand reicht, schwindet ihre Befangenheit. Doch als er dann sagt: »VP-Rat Bengsch von der Kriminalpolizei«, fährt sie zusammen. Der Rat tut, als hätte er es nicht bemerkt. Er mißt der Reaktion auch keine Bedeutung bei, denn er ist es gewohnt, daß auch die harmlosesten Menschen, wenn sie so überraschend einem Kriminalpolizisten gegenübertreten, unwillkürlich befangen sind.

»Ich komme nur wegen Ihres verlorengegangenen Ausweises, Frau Secklau. Ich brauche da noch einige Angaben ...«, sagt er mit betonter Harmlosigkeit.

»Bitte sehr, Herr Rat«, antwortet Erna Secklau gleichmütig und zuckt dabei mit den Schultern. »Ich werde Ihnen aber wenig sagen können. Ich bin an dem Abend in einem Tanzlokal gewesen, habe viel getanzt, und während dieser Zeit hat meine Handtasche auf dem Tisch gelegen. Erst zu Hause habe ich bemerkt, daß der Ausweis weg war. Tja, mehr kann ich Ihnen beim besten Willen nicht sagen.«

Bengsch hat bei der Erzählung der Frau das unbestimmte Gefühl, daß sie ihm etwas verheimlicht oder nur ein auswendig gelerntes Sprüchlein aufsagt. Er räuspert sich und fragt: »Entschuldigen Sie, wenn ich Ihnen jetzt eine sehr private Frage stelle, aber sie ist im Interesse der Ermittlungen nicht zu vermeiden. Haben Sie an dem Abend eine Herrenbekanntschaft gemacht?«

Erna Secklau zögert einen Moment mit der Antwort, sieht verlegen an ihrem Pelzmantel hinunter und sagt dann aber sehr bestimmt: »Nein, ich habe niemand kennengelernt. Ich mag keine Tanzbodenbekanntschaften!«

Warum gehst du dann überhaupt tanzen, geht es Bengsch durch den Kopf, und er ist jetzt überzeugt, daß sie ihm zumindest in diesem Punkt nicht die Wahrheit sagt. Er muß sich aber auch eingestehen, daß er hier nicht weiterkommt, und beendet deshalb die kurze Unterhaltung. »Vielen Dank, Frau Secklau, mehr wollte ich nicht wissen!«

»Bitte«, sagt sie schnippisch. »Hoffentlich kriege ich nun auch mal einen neuen Ausweis. Genug Umstände wurden mir ja bisher schon gemacht.«

Der VP-Rat antwortet nicht, sieht nur nachdenklich ihrem eleganten Rotfuchsmantel nach, als sie hinausgeht. Dann tritt er ins Nebenzimmer ein, wendet sich an den Kaderleiter: »Ungemein schick angezogen, die Kollegin Secklau. Was verdient sie eigentlich?«

Statt zu antworten, fragt der Kaderleiter mißtrauisch: »Ist irgend etwas mit ihr? Hat sie was angestellt? Ist eigentlich eine gute Kollegin, sehr beliebt!«

»Nein, nein«, beruhigt ihn Bengsch sofort. »Ich möchte nur ihr Einkommen wissen. Wegen der Gebühren für die Neuausstellung des Ausweises«, setzt er mit frappierender Glaubwürdigkeit hinzu.

»Zweihundertachtzig Mark kriegt sie im Monat 'raus. Aber sie soll einen reichen Freund haben. Jedenfalls wird sie jetzt oft von einem eleganten Westberliner Wagen abgeholt.«

Seltsam, überlegt Bengsch. Freund mit Auto, protziger Pelzmantel, und dann arbeitet sie noch für zweihundertachtzig Mark als Wagenwäscherin? Paßt eigentlich gar nicht zusammen! Er nimmt sich vor, Erna Secklau genauer unter die Lupe zu nehmen!

Unbefriedigt über den offensichtlichen Leerlauf seiner Ermittlungen, blättert Bengsch einige Tage später in der Tagespresse, stößt dabei auf einen Gerichtsbericht, der ihm eigentlich nur durch die merkwürdige Überschrift aufgefallen ist. »Prozeß gegen Unbekannt«, liest er, überfliegt kurz die nächsten Zeilen und pfeift plötzlich überrascht durch die Zähne. Dann nimmt er wieder seinen dicken Rotstift und unterstreicht. »Vor dem Stadtbezirksgericht fand ein Prozeß gegen Unbekannt statt. Dieses ungewöhnliche Verfahren war notwendig, um fünf Fotoapparate einziehen zu können, die vor zwei Monaten auf dem Reichsbahn-Betriebsbahnhof Schöneweide in einem Abteil des D-Zuges Dresden–Berlin gefunden worden waren. Ein Unbekannter, vermutlich ein Schieber, hatte sie unter den Polstersitzen versteckt ...« Der weitere Text des Berichtes interessiert Bengsch schon nicht mehr. Er ruft den Betriebsbahnhof an und weiß zehn Minuten später, daß die Fotoapparate von einer Wagenreinigerin gefunden worden waren, die an diesem Tage ihre erkrankte Kollegin Secklau vertreten hatte.

Was für den Kriminalisten in diesem Augenblick noch eine vage Kombination ist, findet er am selben Nachmittag, nach einer dreistündigen Vernehmung der verhafteten Erna Secklau bestätigt. Nach anfänglich hartnäckigem Leugnen gesteht sie, seit mehreren Monaten für ihren Geliebten, der sich Jo nennt, optische Geräte geschmuggelt zu haben. Um den Kontrollen an der Stadtgrenze zu entgehen, hatte ihr Freund die in der Republik aufgekauften Apparate in den Polstersitzen der Berliner D-Züge versteckt und so gefahrlos nach Berlin geschafft. Auf dem Betriebsbahnhof nahm die Secklau sie in Empfang, verwahrte sie in ihrem Garderobenschrank und versteckte sie bei der nächsten sich bietenden Gelegenheit in den Polstern des Interzonenzuges, mit dem sie dann nach Westdeutschland geschmuggelt und dort von ihr unbekannten Abnehmern in Empfang genommen wurden.

Bengsch ist jetzt klar, warum die in den letzten Wochen verschärften Kontrollen an den Grenzübergängen ohne Erfolg geblieben waren. »Nun sagen Sie mir bloß«, wendet er sich wieder an die Frau, »wie konnten Sie sich zu solchen Verbrechen hergeben und sich unglücklich machen? Sie haben doch oft genug gelesen, welche Strafen darauf stehen.«

Erna Secklau schüttelt stumm den Kopf, als wolle sie die Antwort darauf verweigern. Erst nach langem Schweigen sagt sie: »Ich liebe ihn. Er ist der einzige Mensch, der gut zu mir ist. Er hat mir auch den Pelzmantel und die Schuhe geschenkt, und er will mich heiraten, wenn er genug Geld verdient hat.«

Für einen Augenblick verschlägt es Bengsch die Sprache. Soviel Dummheit, Naivität, aber auch soviel offensichtliche Weltfremdheit hätte er bei einer Frau ihres Alters nicht erwartet. Dann aber beherrscht ihn nur noch der eine Gedanke, wie er diesem »Jo« das Handwerk legen kann. Sperrte er jetzt die Secklau ein, würde der Gauner durch ihr Verschwinden gewarnt. Darum entschließt er sich zu einem taktischen Schachzug.

»Wann haben Sie sich mit Ihrem Jo wieder verabredet?« fragte er geradezu, ohne große Hoffnung, eine Antwort zu erhalten. Wider Erwarten sagt sie aber doch: »Heute abend. Um einundzwanzig Uhr will er mich mit dem Wagen von der Arbeit abholen.« Und in ihrer Stimme glaubt er so etwas wie ein

Aufatmen zu hören! Als wäre sie froh, sich der dauernden Gewissenslast entledigen zu können. Oder suchte sie nur einen Ausweg, ihren Geliebten zu warnen?

Bengsch überlegt nicht lange. »Schön, Sie werden zu dieser Verabredung hingehen und dafür sorgen, daß wir ihn festnehmen können. Das ist eine Chance für Sie, einiges wiedergutzumachen. Vor Gericht wird man Ihnen das zugute halten. Aber versuchen Sie nicht, Dummheiten zu machen, das wäre nur Ihr Schaden.«

Erna Secklau antwortet nicht, sie wischt sich wortlos die Tränen aus dem Gesicht.

Zwanzig Uhr fünfzig parkt der weinrote EMW der Kriminalpolizei hundert Meter vor dem Eingang des Betriebsbahnhofes im Schatten einer riesigen Kastanie. Am Lenkrad sitzt, trotz aller im Wagen herrschenden Spannung gemütlich an seinem Pfeifchen paffend, VP-Meister Otto, neben ihm, angestrengt die schlecht beleuchtete Straße durch die Windschutzscheibe beobachtend, VP-Rat Bengsch; hinten im Fond Oberkommissar Dittmann. Erna Secklau steht, wenige Meter vom Betriebseingang entfernt, unter einer Gaslaterne.

Das eintönige Brummen des gedrosselt laufenden Motors macht Bengsch nervös. Ein merkwürdiges Unruhegefühl zerrt an seinen Nerven. Es reut ihn jetzt, das Experiment mit der Secklau gewagt zu haben. Er fürchtet, eine böse Überraschung zu erleben. Doch er fürchtet genauso, daß Dittmann sofort sagen würde: »Ach, Sie sehen weiße Mäuse«, falls er seine Ahnungen laut werden ließe. Darum schweigt er weiter und blickt nur in immer kürzer werdenden Abständen auf die beleuchtete Tachometeruhr. Es ist ihm, als schleiche der Minutenzeiger jetzt besonders langsam auf die Zwölf zu.

VP-Meister Otto bleibt die Unruhe des Chefs nicht verborgen. Um ihn abzulenken, nimmt er sein Pfeifchen in die Hand und sagt mit ernster Stimme: »Übrigens, Genosse Rat, Professor Hanke hat mir heute vormittag ein tolles Ding aus der psychiatrischen Klinik erzählt.«

Bengsch beugt sich auch wirklich zu Otto, in der Erwartung, eine wichtige Mitteilung vom Leiter des Gerichtsmedizinischen Instituts zu hören. Nur Dittmann ahnt wohl schon, was kommen wird, und lächelt still vor sich hin.

Gewichtig flüsternd, erzählt Otto: »Vergangene Woche, nach dem großen Gewitter, hatte Hanke in der Klinik zwei Patienten beobachtet, die erregt diskutierend am vergitterten Fenster der Klinik standen und immer wieder empört zum Himmel deuteten. ›Was ist denn, was haben Sie denn nur, meine Herren?‹ fragte der Professor und trat hinter sie. Ungehalten drehte sich nun der eine Irre um und sagte: ›Na, sehen Sie denn nicht, Herr Professor? Der riesige Regenbogen da oben!‹ – Hanke begriff ihn nicht, fragte: ›Na und, was ist denn Schlimmes an einem Regenbogen?‹ – ›Na hören Sie‹, sagte wieder der Irre. ›Für solch einen Unfug ist Geld da. Aber wenn wir studieren wollen ...‹«

»Au«, sagt jetzt Dittmann hinten und hält sich die Hand vor den Mund, um nicht herauszuprusten. Bengsch richtet sich wieder auf, will erst schimpfen, sagt dann aber: »Irrenwitz Nummer siebenhundertvierzig. Die Spitze des Bartes ist im Märkischen Museum ausgestellt, Otto.«

»Nicht doch, ist noch nicht zu Ende«, fährt Otto unbekümmert fort. »Der andere Irre sagte nämlich noch: ›Und was allein das Anbringen des Gerüstes gekostet haben mag, ganz zu schweigen von der teuren Leuchtfarbe ...‹«

Bengsch muß nun doch lächeln, kann aber nichts

mehr sagen. Oberkommissar Dittmann, der die ganze Zeit über durch das Rückfenster die hinter ihnen liegende Straßenecke im Auge behalten hat, ruft: »Da scheint er tatsächlich zu kommen ...«

Augenblicke danach fährt in mäßigem Tempo ein ungemein schnittiger und offensichtlich ganz neuer Sportwagen an ihnen vorbei. »Borgward Sportcoupe«, stellt Fahrer Otto sofort mit der Sachkenntnis des alten Kraftfahrers fest und kratzt sich dabei am Kopf. »Macht gut und gerne hundertfünfzig Sachen. Wenn wir da mithalten wollen, brauchen wir 'n Düsenaggregat. Ist doch ein hochgezüchteter Sportwagen!«

Es bleibt ihnen keine Zeit mehr über das Leistungsvermögen des Wagens Betrachtungen anzustellen. Alles, was nun geschieht, spielt sich in Sekundenschnelle ab.

Der Borgward fährt langsam an die Laterne heran, an der Erna Secklau wartet. Sofort reißt sie die Wagentür auf, ruft irgend etwas hinein, zeigt dabei mit ausgestreckter Hand nach dem Funkwagen und klettert blitzschnell in den Wagen. Der Motor heult auf, und wie ein davonhuschender Schatten verschwindet der Borgward aus dem Lichtkreis der Laterne.

»Drück auf die Tube, Bruno, die flitzen!« ruft Dittmann erregt von hinten, ohne daß es noch dieses Alarmrufes bedarf, denn Otto hat schon Gas gegeben. Wie ein Rennpferd, dem die Zügel freigegeben werden, springt der EMW nach vorn.

Bengsch greift im selben Moment zum Hörer der Funksprechanlage und alarmiert die Funkzentrale im Polizeipräsidium: »Hier Toni vierzehn! Hier Toni vierzehn! An Leitstelle! Kfz-Fahndung an alle! Westberliner Sportwagen, Typ Borgward-Coupe, flüchtig. Fährt mit überhöhter Geschwindigkeit in Richtung Königsheideweg–Sektorengrenze. Wagen ist unter allen Umständen zu stoppen! Wenn nötig, mit Waffengewalt. Warnung an alle Sektorenposten. Fahrer wird versuchen, Kontrollpunkt zu durchbrechen. Meldung an Operativ-Stab. Bereitschaftskommando einsetzen. Ende!«

Die Tachometernadel am Armaturenbrett ist inzwischen auf 90 geklettert. Ohne die Geschwindigkeit viel zu mindern, schneidet Otto die Kurven um die Straßenecken an.

»Bist du wahnsinnig, wir werden uns den Hals brechen!« schreit Bengsch ihm zu, doch seine Stimme kommt gegen das Dröhnen des Motors nicht an. Auch wenn ihn Otto verstanden hätte, er wäre jetzt nicht zu bewegen, die Geschwindigkeit zu drosseln. Viel zu sehr hat er sich schon in diese Verfolgungsjagd verbissen. Dem schnelleren Borgward will er durch überlegenere Fahrtaktik beikommen. Er hat längst gemerkt, daß der Bursche am Steuer ein Anfänger ist und nicht die Routine besitzt, im Gewirr der vielen kurzen Straßen das Höchste an Geschwindigkeit herauszuholen. Zu Hilfe kommt Otto dabei seine Ortskenntnis. Wie seine Westentasche kennt er die Gegend. Selbst Bengsch hat Mühe, die durchrasten Straßen zu erkennen, um ihre Namen an die Funkleitstelle durchgeben zu können. Sollen ihnen die anderen alarmierten Funkwagen zu Hilfe kommen, sind sie auf regelmäßige Standortmeldungen angewiesen.

Auf fünfundsiebzig Meter hatte Otto durch seine halsbrecherische Kurventechnik den Rückstand bald verkürzt. Passanten springen immer wieder verängstigt auf den Bürgersteig zurück, wenn die Polizeisirene aufheult. Ein Holzbock, der zur Markierung einer Baustelle aufgestellt war, wird umgefahren; die rote Laterne, die er getragen hatte, klatscht gegen eine Hauswand. Nur noch fünfzig Meter sind hinter der nächsten Ecke die Rücklichter des Borgward entfernt. Der Tachozeiger zittert bei 110. Vierzig Meter nur noch! Der Borgward wird merklich langsamer.

»Jetzt oder nie!« knurrt Bengsch und dreht die Fensterscheibe des EMW mit der linken Hand herunter, mit der rechten holt er die Pistole aus dem Achselhalfter, entsichert sie und schiebt dann den Arm aus dem Fenster. Keine dreißig Meter liegen mehr zwischen ihnen.

Als Dittmann erkennt, was der Chef beabsichtigt, beugt er sich vor. »Noch zu weit!« brüllt er gegen den kalten Fahrtwind, der zum Fenster hereinströmt. Doch Bengsch zieht im selben Augenblick die Pistole zurück, greift nach Ottos Arm. »Sieh dir das an ...«, ruft er erregt.

Der Borgward hat blitzschnell gestoppt und schleudert jetzt über den Fahrdamm gegen die Bordsteinkante. Ein Kreischen und Pfeifen ertönt, dem ein dumpfes, blechernes Poltern folgt. Otto hat alle Mühe seitwärts vorbeizukommen, um noch in letzter Sekunde ein Aufprallen auf den quer über die Straße stehenden und mit dem Hinterrad gegen einen Straßenbaum geprallten Borgward zu verhindern.

»Idiot!« knirscht er wütend. »Das hätte den Hals kosten können!«

Während Otto noch ausgiebig weiterschimpft, ist Bengsch schon aus dem EMW hinausgesprungen. Während des Laufens entsichert er die Pistole. Als er den Borgward erreicht, kommen ihm von der entgegengesetzten Straßenseite die uniformierten Polizisten des Bereitschaftskommandos, das die Straße abgesperrt hatte, entgegen. Ihre Einsatzwagen haben die ganze breite Chaussee verbarrikadiert. Bleich und am ganzen Körper zitternd, klettert der etwa dreißig Jahre alte Borgwardfahrer in grünem Ledermantel aus dem Wagen. Erna Secklau aber sitzt noch immer unbeweglich auf dem roten Ledersitz und weint leise vor sich hin.

Während Dittmann die Kleidung des Burschen nach Waffen abtastet, holt Bengsch aus seiner Jackettasche eine Fotografie, die er sich aus der Strafakte »Horst Briddigkeit« beschafft hatte. Er vergleicht sie im Scheinwerferlicht des Autos mit dem Festgenommenen und sagt dann: »Na, Herr Briddigkeit, jetzt steigen wir wohl besser in unseren Wagen um.«

Briddigkeit steht mit ängstlich gehobenen Händen vor ihm und bringt nichts weiter heraus als: »Ja, natürlich.«

Dittmann nimmt ihm schließlich die Arme herunter und legt ihm die Acht an. Dann reicht er Bengsch vier Deutsche Personalausweise, die er Briddigkeit bei der Taschenvisitation abgenommen hat. Hinter ihm steigt nun auch Erna Secklau aus dem Borgward. Als ihr der Oberkommissar die Handfessel anlegt, schreit sie hysterisch auf und jammert: »Ich habe doch mit allem nichts zu tun. Er hat mich doch dazu gezwungen. Ich habe ihn doch so geliebt ...«

Ohne sich um sie zu kümmern, tritt Bengsch an die Lampen des Wagens heran, blättert flüchtig die Ausweise durch und sortiert einen heraus. Aufgeschlagen hält er ihn der Frau hin. »Kennen Sie die Nummer noch? XV 0869888?« Als sie schweigend nickt, setzt er weniger scharf hinzu: »Na, dann wissen Sie jetzt auch, wer Ihnen damals im Ballhaus den Ausweis gestohlen hat!«

Schüsse an der Oder

Der Nebel und die Dunkelheit dieses frühen Novembermorgens hängen wie ein dicker schwarzer Vorhang über der Flußniederung. Sie bieten den beiden Grenzpolizisten kaum einen Meter Sicht und dämpfen jedes Geräusch zu einem trügerischen Murmeln. Gefreiter Gebhardt als Postenführer und Gefreiter Pfeifer als Posten laufen zum drittenmal den umgepflügten Hilfskontrollstreifen entlang. Immer wieder leuchtet Gebhardt die aufgebrochenen Furchen mit seiner Stablampe nach Fußspuren ab. Es ist eigentlich sinnlos, denn in dem milchigen Grau läßt sich doch nichts erkennen, aber er tut es dennoch gründlich, um seiner Pflicht zu genügen.

»Scheißwetter«, knurrt der hinter ihm gehende Pfeifer. »Wozu wir heute Streife gehen? Können ja kaum die Hand vor Augen sehen.«

Gebhardt brummt etwas Unverständliches und knipst die Taschenlampe aus. Mißmutig stampfen sie weiter durch die Nacht.

Pfeifer hört als erster das leise Plätschern. »Bleib doch mal stehen«, ruft er mit gedämpfter Stimme Gebhardt zu.

»Was ist denn?« fragt der Postenführer und wendet sich so plötzlich um, daß Pfeifer fast über ihn gestolpert wäre. »Pst, sei doch mal still, mir ist so, als hätte ...«

Vom Fluß her kommt wieder das Plätschern, dann Schlurfen und schließlich das Poltern eines Steines, der die Uferböschung hinunterkullert. Mit angehaltenem Atem lauschen beide in das undurchdringliche Dunkel. Jetzt ist wieder Stille. Sie wissen nicht, narren sie ihre überreizten Sinne oder befinden sich wirklich Menschen in der Nähe.

»Halt, Deutsche Grenzpolizei!« ruft Gebhardt und hält dabei den Karabiner schußbereit in den Händen. Doch um sie herum ist nur Nebel. Sekunden warten sie noch, dann schultern sie wieder die Karabiner und stapfen davon.

Der Angriff kommt völlig überraschend. Von hinten, wie aus dem Nichts. »Anspringen und würgen!« hört Pfeifer noch hinter sich keuchen, dann legen sich zwei Pranken in eisernem Griff um seinen Hals und zerren ihn zu Boden. Er kommt nicht mehr dazu, Widerstand zu leisten, sich zu befreien. Keinen Laut kann er mehr von sich geben. Schon beim ersten Schlag mit einer Stahlrute schwinden ihm die Sinne; drei-, viermal trifft sie noch seinen Kopf, doch die irrsinnigen Schmerzen bleiben ihm erspart. Er ist längst ohne Bewußtsein.

Nur wenige Meter entfernt, wälzt sich Gebhardt mit einem riesigen Schatten im klebrigen Lehmboden herum. Er kann den Mann, der ihm mit beiden Händen den Hals und die Schlagader zupreßt, nicht mehr erkennen. Vor seinen Augen tanzen nur noch rote, grüne und gelbe Bällchen. In seinem Kopf ist eine dumpfe, müde Leere. Es ist nur eine instinktmäßige Bewegung, als er jetzt die Beine mit den schweren Schaftstiefeln anzieht und dann mit letzter verzweifelter Kraft seinen Gegner in den Leib tritt. Der Griff um seinen Hals löst sich augenblicklich, aber dann fällt Gebhardt auch schon ohnmächtig zurück. Er hört nicht das schmerzhafte Aufstöhnen, sieht nicht, daß der Schatten von ihm abläßt und schwer atmend davonhastet.

Ein paar Sekunden nur währt bei Gebhardt die Ohnmacht. Das Blut strömt wieder ins Gehirn und gibt ihm Leben. Torkelnd erhebt er sich, stößt mit dem Fuß an den Karabiner und hebt ihn auf. Aus der Ferne hört er das Klirren des Stolperdrahtes. Er reißt den Karabiner hoch und zielt nach den Geräuschen. Zweimal schießt er, dann gibt er es auf. Die Entfernung zu dem Flüchtenden ist schon zu groß geworden. Dafür greift er zur Leuchtpistole, schiebt die Patrone mit den zwei grünen und dem roten Leuchtzeichen in den Lauf. Dann drückt er ab. Das farbige Licht der Signale hängt in dem milchigen Dunst. Zweimal grün, einmal rot.

Zwei Grenzverletzer ins Hinterland entkommen, verrät es den Genossen in der Unterkunft der Kompanie und löst den Alarm aus.

Der Mann hat die Landstraße überquert und ist dann über die Felder gelaufen, immer gehetzt von dem Gedanken: Du mußt hier weg, ehe es hell wird und sich der Nebel gelichtet hat! In einer viertel Stunde ist die ganze Gegend rebellisch. Bis dahin mußt du den Bahnhof erreicht haben.

Aus dem Heuschober holt er sich das versteckte Fahrrad, besteigt es auf der Chaussee und tritt mit aller Kraft in die Pedalen. Das Blut hämmert ihm in den Schläfen, die Kleider kleben an seinem Leibe. Er sieht auf die Leuchtziffern seiner Armbanduhr. Fünf Uhr dreißig! Zehn Minuten bleiben noch. Fünf Uhr vierzig fährt der Personenzug von Gorgast ab, um sieben Uhr siebenundzwanzig ist er in Strausberg. Er hat sich den Fahrplan genau eingeprägt, als sie hergekommen waren. Wie alles andere. Sieben Uhr siebenundzwanzig, wenn sie dich bis dahin nicht ...

Aus dem Dunst blinkt der blasse Schein einer Laterne zu ihm herüber. Der Bahnhof von Gorgast. Er wirft das Rad einfach in den Chausseegraben. Es ist ohnehin gestohlen und behindert ihn jetzt nur. Als er den Polizeiposten am Bahnhofseingang sieht, entschließt er sich, nicht durch die Sperre zu gehen, sondern über das Dach des Kohlenschuppens zu klettern.

Wie er dann über die Teerpappe des Dachs kriecht und sich erhebt, um auf den Bahnsteig zu springen, geben plötzlich die Bretter unter seinem Körpergewicht nach und brechen krachend zusammen.

»Verdammt!« knirscht er, als er mit dem Unterkörper ins Loch rutscht und sich die Hose zerreißt. Doch seine Angst, von der Bahnhofsstreife entdeckt zu werden, ist unnötig. Der einfahrende Zug übertönt das Geräusch. Ungesehen kann er hinter dem Zug die Gleise überqueren und von der anderen Seite in ein nichtbenutztes Abteil steigen.

Als die Lokomotive anruckt, läßt er sich aufatmend auf die Bank fallen. Dann holt er aus seiner Hosentasche Ausweise und Zettel, blättert sie flüchtig durch, zerreißt sie sorgfältig in kleine Schnipsel, die er Stück für Stück aus dem geöffneten Fenster flattern läßt.

Etwa vierhundert Meter von der Oder entfernt, hinter einem Gebüsch versteckt, findet die Streife einen Mann, der leblos mit dem Rücken auf der Erde liegt. Er trägt eine undurchsichtige Kunststoffkombination, die Schuhe und Kleidung bis zum Hals wasserdicht abschließt. Sie ist auf der Vorderseite aufgerissen, die Taschen der Kleidung sind leer, als hätte sie jemand mit pedantischer Genauigkeit durchsucht. Keine Papiere oder sonstigen Utensilien finden sich, die über seine Person Auskunft geben könnten.

Der Mann ist ungefähr fünfunddreißig Jahre alt, von kleiner, untersetzter Figur, hat ein fremdländisches Gesicht und öligschwarze Haare. Als die Grenzpolizisten ihn umdrehen, fällt sein Kopf kraftlos zur Seite. Auf dem Rücken, unterhalb des rechten Schulterblattes, finden sie eine blutige Einschußwunde. Der Mann ist tot.

Wenige Meter von ihm entfernt, liegt eine zweite, achtlos hingeworfene Kunststoffkombination. Eine Fußspur führt über den aufgeweichten Lehmboden bis zu Chaussee, läßt sich dort einige Meter verfolgen und verliert sich dann auf der Straße.

»... Suchhunde verfolgten die Spur des Grenzverletzers bis zu einem Kohlenschuppen des Bahnhofs Gorgast. Über das Dach dieses Schuppens ist er dann, offensichtlich um die Ausweiskontrolle an der Sperre zu umgehen, auf den Bahnsteig gelangt. Das Dach ist unter seinem Gewicht an einer Stelle eingebrochen. Bei genauer Durchsuchung der Kleidung des Toten wurde in der äußeren Brusttasche des Jacketts beiliegender perforierter Papierstreifen mit dem Aufdruck ›Nr. 59 904, VEB Agfa-Wolfen-Filme und -Papiere sind Qualitätserzeugnisse von Weltruf‹ und der handschriftlichen Notiz ›fertig am 20. November 55‹ gefunden. Die Leiche wurde zur Obduktion in das Gerichtsmedizinische Institut überführt. Zur weiteren Ermittlung der Identität des Toten wurde der Vorgang an die Kriminalpolizei abgegeben ...«

Volkspolizeirat Bengsch legt die Meldung des Grenzpolizeikommandos aus der Hand und betrachtet dann interessiert den schmalen Streifen Papier, der dem Schreiben beiliegt. Er überlegt einen Augenblick und sagt dann zu seinem Mitarbeiter

Dittmann: »Ich hab einen hübschen Auftrag für Sie.« Er reicht ihm den Streifen. »Das ist zweifellos eine Kontrollmarke von Fotoaufträgen, wie sie Drogerien und Fotogeschäfte ausgeben. Lassen Sie feststellen, wo bei uns solche Dinger gedruckt und an welche Geschäfte sie geliefert werden. Es muß ermittelt werden, wo und an wen dieser Streifen ausgegeben worden ist.«

Der Oberkommissar setzt ein gequältes Gesicht auf. »Haben Sie eine Ahnung, wieviel solcher Läden es in Berlin und in der DDR gibt?«

»Vielleicht dreitausend oder auch zehntausend, was weiß ich«, antwortet Bengsch trocken. »Wir müssen es jedenfalls herausbekommen. Der Streifen ist bis jetzt der einzige Anhaltspunkt in dieser mysteriösen Geschichte. Übrigens, ich fahre heute noch nach Gorgast; könnten Sie inzwischen ... Ach lassen Sie nur. Ich werde selbst noch beim Gerichtsmedizinischen Institut anrufen.«

Während sich Dittmann daran macht, die Telefonnummern sämtlicher Druckereien des Demokratischen Sektors von Berlin und der Republik zu ermitteln, läßt sich Bengsch mit Oberarzt Dr. Hänsel verbinden. »Ja, die Einlieferung von der Grenzpolizei. – Was? Ist ja nicht die Möglichkeit! – Ja, da bin ich wirklich sprachlos. – Ist ja 'ne hübsche Überraschung. – Gut, schicken Sie den Obduktionsbericht sofort herüber. Am besten an Dittmann, ich bin ein oder zwei Tage unterwegs.«

Behutsam legt Bengsch den Hörer auf die Gabel und versucht dann Dittmann zu erreichen. Vergeblich!

Zwei Tage später ist Bengsch wieder aus Gorgast zurück. »Nanu, so lange weg gewesen? Hat es denn wenigstens etwas eingebracht?« empfängt ihn Dittmann.

Bengsch packt erst sorgfältig seine Reisetasche aus

und sagt dann unvermittelt: »Der Mann, den wir suchen, hat Schuhgröße vierundvierzig und wiegt mindestens neunzig Kilo! Das ist, in einem Satz gesagt, alles, was ich in den zwei Tagen ermittelt habe. Hoffentlich haben Sie mehr erreicht.«

Dittmann sieht seinen Chef zweifelnd an. »Wollen Sie mich auf den Arm nehmen? Woher wissen Sie das Gewicht und die Schuhgröße des Mannes?«

»War ganz einfach«, antwortet ihm Bengsch. »Die Genossen von der Grenzpolizei haben glücklicherweise von den gefunden Fußspuren Gipsabdrücke gemacht. Und das Gewicht hat mir das eingebrochene Dach verraten. Ich habe es mit den gleichen Brettern reparieren lassen und dann ein Dutzend Männer darübergeschickt. Der kleinste wog fünfundsechzig Kilo, der größte neunzig. Bei ihm brach es erneut zusammen. – Aber damit sind wir erst einen kleinen Schritt weiter. Was haben Sie ermittelt?«

Dittmann holt aus einem Aktendeckel eine papierne Umschlagtasche, wie sie von Fotografen, die Aufnahmen zur Bearbeitung annehmen, verwendet werden. »Bitte schön, in einer Drogerie in der Greifswalder Straße entdeckt. Ein Leicafilm mit Aufnahmen von irgendeinem Budenzauber. Eine Unmenge Personen darauf. Hier sind die von uns inzwischen angefertigten Vergrößerungen. Übrigens, der Kleine da vorn, der wie ein Südländer aussieht, ist unser Toter von der Oder. Ich habe die Bilder mit den Aufnahmen des Erkennungsdienstes verglichen. Die anderen beiden im Hintergrund sehen auch wie Ausländer aus.«

Bengsch betrachtet aufmerksam die Bilder und wirft dann ein: »Der Große am Radio könnte es der Figur nach sein. Wiegt bestimmt seine neunzig Kilo. Aber erzählen Sie weiter.«

»Ja, viel weiß ich auch nicht. Der Film wurde von einem Mann mit schwarzen Haaren abgegeben, soll wie ein Italiener ausgesehen haben. Mehr konnte der Drogist nicht über ihn sagen. Der einzige Anhaltspunkt, den ich von ihm herausbekam: Er kannte eins von den Mädchen, die auf den Bildern sind. Die üppige Blondine, die der Schwarze auf dem Schoß hat. Auch nur vom Sehen. Name und Adresse unbekannt. Soll in der Gegend um die Greifswalder Straße wohnen. Schulz forscht nach ihr. Vorläufig noch ohne Erfolg.«

Bengsch reicht dem Oberkommissar die Bilder zurück. »Lassen Sie die drei herausmontieren und an die Fahndung weiterleiten. Aber nur zur internen Verwendung. Nicht an die Presse geben, sonst wird der Bursche gewarnt.«

Eine Woche vergeht. Dann meldet Kommissar Schulz die erfolgreiche Erledigung seines Auftrages. In seiner Begleitung befindet sich eine sehr aufgeregte und sehr blonde junge Dame. Bengsch hat erhebliche Mühe, sie zu beruhigen und ihr klarzumachen, daß sie nicht eingesperrt werden soll. »Wir brauchen nur einige Auskünfte. Kennen Sie diese Herren?« Der VP-Rat breitet die Fotografien vor ihr aus.

Die Wasserstoffblonde wirft nur einen flüchtigen Blick darauf. »Natürlich, der eine ist Emilio, der andere ...«

»Moment«, unterbricht Bengsch. »Wer ist Emilio?«

»Na, der kleine schwarze Italiener, auf dessen Schoß ich sitze«, sagt sie schnippisch.

»Und wie heißt er noch, wo wohnt er, wollen Sie uns das nicht verraten?«

Die Blonde sieht Bengsch entrüstet an. »Woher soll ich das wissen? Ich habe ihn doch erst auf dem Ringelpietz kennengelernt. Dort sind ja auch die Aufnahmen gemacht worden.«

»Und wer ist das, dieser hier, der am Radio steht?«

»Panajot, ein Geschäftsfreund von Emilio, mehr weiß ich auch nicht. Übrigens nicht mein Typ. Zu plump und grobschlächtig. Aber wenn es Sie interessiert: Die beiden sind zur Zeit verreist.«

Bengsch wirft Schulz einen bedeutsamen Blick zu, fragt dann aber weiter: »Wohin sind sie denn gereist?«

»Keine Ahnung, das haben Sie mir nicht auf die Nase gebunden. Mit der Reise taten sie überhaupt sehr geheimnisvoll. Aber vielleicht kann Ihnen Werner mehr darüber erzählen. Mit dem haben sie sich den ganzen Abend unterhalten. Fragen Sie ihn doch.«

»Recht gern, aber vorher müssen Sie uns sagen, wer Werner ist.«

»Mein früherer Freund.«

»So. Aber seine Adresse brauchen wir auch. Oder kennen Sie die nicht?«

»Na hören Sie mal, wofür halten Sie mich eigentlich?« Die Wasserstoffblonde tut ernstlich beleidigt. »Bonnegger heißt er. Ist Kunstmaler und wohnt in Weißensee, Rennbahnstraße. Dort haben wir damals den Budenzauber gemacht. Genügt Ihnen das?«

Bengsch hat sich schon erhoben und Schulz einen Wink gegeben. »Vielen Dank, mein Fräulein! Das reicht uns vorerst. Sie sind bitte noch so freundlich, und verraten Ihre Personalien und all das, was Sie uns bis jetzt erzählt haben, meinem Kollegen, der ein Protokoll aufsetzen wird, damit wir wissen, welch reizender Dame wir zu danken haben. Dort warten Sie bitte auch, bis wir wiederkommen.«

»Sie, hören Sie mal! Wollen Sie mich etwa einsperren für meine Gutmütigkeit?« Die Blonde ist aufgesprungen und nimmt die Versicherung, daß es sich nur um eine Formalität handele, mit sichtlichem Zweifel auf.

Der Kunstmaler Werner Bonnegger erblaßt bei dem Wort: Kriminalpolizei! Als ihm die Fotografie vorgehalten wird, zuckt er verlegen mit den Schultern. Bengsch läßt ihm aber keine Zeit für irgendwelche Ausflüchte. »Versuchen Sie nicht zu streiten, Herr Bonnegger! Wir wissen, daß die Bilder bei Ihnen aufgenommen worden sind und daß Sie auch die beiden Ausländer kennen. Leugnen könnte Sie nur in eine unangenehme Situation bringen. Einer Ihrer Freunde ist nämlich unter sehr mysteriösen Umständen ums Leben gekommen.«

Bonnegger zuckt zusammen. Er zündet sich nervös eine Zigarette an und sagt dann verängstigt: »Ich werde Ihnen alles sagen, Herr Kriminalrat. Das wird wohl das beste sein.« Er macht einige tiefe Züge aus der Zigarette und erzählt: »Ich arbeite seit Jahren für einen Westberliner Kunsthändler. Grabbe heißt er, am Nollendorfplatz hat er einen Antiquitätenladen. Ich habe alte Gemälde für ihn restauriert. Meist Aufträge von Amerikanern. Vor einigen Monaten hat mich Grabbe mit den beiden Herren bekannt gemacht, die Sie mir vorhin gezeigt haben. Der eine nannte sich Emilio, der andere Panajot. In einer vertraulichen Unterhaltung boten sie mir fünfzehntausend Mark für das Restaurieren von etwa zwanzig wertvollen Gemälden. Ich dachte mir zunächst nichts dabei und sagte zu. Mißtrauisch wurde ich erst, als sie von mir auch noch das Übermalen der Bilder mit irgendwelchen landläufigen Motiven verlangten. Ich wollte daraufhin den Auftrag ablehnen, doch da erhöhten sie ihr Angebot auf dreißigtausend Mark.«

Auf ein paar Zigarettenzüge unterbricht er wieder seine Geschichte, eher er weitererzählt: »Dreißigtausend Mark sind kein Pappenstiel! Ich sagte also zu und schob alle Bedenken beiseite. Merkwürdigerweise brachten die beiden die Bilder aber nicht und vertrösteten mich immer wieder. Anfang November kamen sie dann und sagten, jetzt sei es soweit. Ende des Monats würde ich die Bilder erhalten. An diesem Abend veranstaltete ich noch ein kleines Atelierfest. Die Aufnahmen besitzen Sie ja. Der Alkohol machte die Leute gesprächig, und so erfuhr ich zum erstenmal, was eigentlich hinter der ganzen Geschichte steckt. Panajot – wie er weiter heißt, weiß ich auch jetzt noch nicht – ist ein Exilbulgare. Er lebte während des Krieges lange Zeit in Polen und ist dort irgendwie zu einer Gemäldesammlung gekommen, die von den Nazis verlagert worden war und in den letzten Kriegstagen geplündert wurde. Zwanzig der wertvollsten Bilder, darunter mehrere Tintorettos, ein Tizian, Arbeiten von Renoir und van Goyen, einige Original-Dürer-Grafiken, brachte er in dem Durcheinander des Zusammenbruchs an sich und vergrub sie dann irgendwo in der Nähe von Stettin. Er sagte mir, sie seien so fachgerecht verpackt, daß sie die Jahre bis heute ohne größeren Schaden überdauert hätten. Panajot flüchtete später aus Polen, weil seine Zusammenarbeit mit der Gestapo herausgekommen war, und ließ sich in Westberlin nieder. Sein Plan war von Anfang an, die Bilder eines Tages nachzuholen und zu verkaufen. Vorerst fehlten ihm aber die Beziehungen zu den Kreisen, die an solchen Objekten interessiert und auch kapitalkräftig waren. Emilio, der irgendwelche dunklen Beziehungen zu den Amerikanern hatte, und seit 1945 in Westberlin lebt, sorgte dann wohl für die notwendigen Verbindungen und schaltete sich auch als Mittelsmann in das Geschäft ein, von dem sie sich einige hunderttausend Dollar Profit erhofften. Welche Verbindungen sie nun nach Polen hatten und wie sie den ganzen Schmuggel der Bilder im einzelnen durchführen wollten, haben sie mir nicht verraten. Ich weiß nur, daß sie die

Oder durchschwimmen wollten. Mit eigens dafür beschafften Schwimmanzügen, mit gefälschten Papieren sowie mit Geld und Rückfahrkarten waren sie jedenfalls ausgerüstet, als sie Tage nach der Feier abreisten. Die Gemälde wollten sie nicht selbst 'rüberbringen, sondern von einem bestochenen Frachtkahnschiffer, der regelmäßig mit Kohlentransporten zwischen Polen und der DDR unterwegs ist, befördern lassen. Das ist inzwischen wohl auch ausgeführt worden.«

Bengsch ist es jetzt, der zusammenzuckt. »Was, die Bilder sind schon hier?«

»Ein Teil nur, Herr Kriminalrat! Ein mir unbekannter Mann, der aber in die Sache eingeweiht sein muß, denn er kannte das für die Übergabe verabredete Kennwort ›Anita‹ und den Inhalt der Kiste, brachte sie gestern nachmittag. Die zweite Lieferung soll in vierzehn Tagen erfolgen. Sie werden also Gelegenheit haben, den Mann kennenzulernen«, schließt Bonnegger mit einem traurigen Lächeln seine Aussage.

Bengsch und Dittmann sind sprachlos. Nicht so sehr über die ganzen Zusammenhänge oder über das Auftauchen der wertvollen Bilder, sondern über das Verhalten dieses Kunstmalers. Bengsch hält dann auch mit seiner Meinung nicht zurück. »Eigentlich sind Sie ja ein komischer Kauz, Herr Bonnegger. Ohne mit der Wimper zu zucken, beteiligen Sie sich an einer der größten Gaunereien der Nachkriegszeit, und mit derselben Gleichmütigkeit erzählen Sie mir jetzt die ganze Geschichte, als hätten Sie nur darauf gewartet, der Volkspolizei die Bilder abzuliefern.«

Der Kunstmaler stochert verlegen mit einem Streichholz im Aschenbecher herum. »Herr Rat, ich möchte Ihnen eines sagen. Vielleicht glauben Sie mir nicht, aber dennoch: Wenn Sie heute nicht gekommen wären, wäre ich in vierzehn Tagen bei Ihnen erschienen. Als ich mir gestern die Bilder ansah – ich bin Maler, verstehen Sie, Kunstmaler –, und wenn ich daran denke, was im letzten Krieg so alles kaputtgegangen ist, und mir vorstelle, daß diese schmierigen Brüder nun mit diesen unersetzlichen Bildern ihre Schiebergeschäfte machen, da war es bei mir aus! Das können Sie mir nun glauben oder nicht.«

»Hm.« Bengsch sieht Dittmann unentschlossen an. Er weiß wirklich nicht, was er jetzt sagen soll. Er schweigt einen Augenblick und brummt schließlich: »Ich bin kein Psychoanalytiker, sondern Kriminalist. Ich bin mißtrauisch, aber Sie können Ihre guten Absichten unter Beweis stellen, indem Sie uns benachrichtigen, wenn dieser Panajot auftaucht.«

»Sie können gleich hierbleiben. Er kommt heute abend zwischen acht und zehn. Wie vereinbart, habe ich ihm gestern nach Eintreffen der Bilder an die Adresse des Kunsthändlers Grabbe das verabredete Telegramm ›Anita eingetroffen‹ geschickt. Er wird heute seine Bilder besichtigen kommen.«

Bengsch hält es jetzt nicht mehr auf seinem Stuhl. Nervös geht er im Zimmer auf und ab und sagt zu Dittmann: »Fordern Sie noch ein paar Mann Verstärkung an, und bestellen Sie Schulz, daß er dieses wasserstoffblonde Mädchen schnellstens entlassen soll, sonst demoliert sie ihm noch das Büro.«

Zehn Minuten nach acht Uhr klingelt es an der Wohnungstür. Als Bonnegger öffnen will, hält ihn Bengsch zurück. »Lassen Sie nur, das mache ich schon selbst.«

Auf dem Treppenpodest steht ein Mann, der Bengsch um Haupteslänge überragt. Er hat ein kantiges Gesicht und auffallend lange Koteletten. Der Kopf sitzt auf einem bulligen Nacken, der ihm das

Aussehen eines Freistilringers gibt. Kein Wunder, denkt Bengsch, daß das Dach zusammengebrochen ist.

Doch da sagte der Mann auch schon: »Verzeihung, ich habe mich in der Tür geirrt«, und macht flink auf der Stelle kehrt. Er spricht ein hartes, aber sonst einwandfreies Deutsch. Bengsch ruft ihm nach: »Aber nicht doch, Herr Panajot, Herr Bonnegger erwartet Sie, kommen Sie ruhig herein.«

Panajot zögert, blickt sich mißtrauisch um, kommt dann langsam näher und schiebt sich endlich an Bengsch vorbei durch die Tür. Als er im Zimmer neben Bonnegger auch noch Dittmann sieht, ahnt er wohl die Falle, macht blitzschnell wieder kehrt und versucht, den Korridor zu erreichen. Doch Bengsch und Dittmann haben schon ihre Pistolen gezogen.

»Hände hoch, Panajot, Sie sind verhaftet! Kriminalpolizei!«

Panajot sieht sich erst vergewissernd um, als er jedoch in Bengschs Händen ebenfalls eine Pistole entdeckt, hebt er langsam die Arme und läßt sich dann widerstandslos durchsuchen. Bald erholt er sich aber von der Überraschung und fragt mit Biedermannsmiene: »Weshalb verhaften Sie mich eigentlich? Sie werden Unannehmlichkeiten haben. Ich bin Ausländer. Hier, ich werde Ihnen meinen Paß zeigen.«

»Lassen Sie den nur stecken, Panajot. Ich weiß mehr von Ihnen, als Sie denken. Und deshalb fürchte ich, Sie werden größere Unannehmlichkeiten mit uns haben als wir mit Ihnen.«

»Darf ich trotzdem wissen, weshalb Sie mich festnehmen?«

Panajot lächelt jetzt geringschätzig. Doch sein Lächeln erstirbt, als Bengsch ihm erklärt: »Unter anderem auch wegen Mordes an Ihrem Komplizen Emilio.«

Noch einmal rafft sich Panajot auf. Grinsend sagt

er: »Unsinn, Emilio wurde von der Grenzstreife erschossen.«

»Angeschossen, Panajot. Er lebte noch, als Sie den Versuch aufgaben, ihn fortzuschleppen, und ihm die Kehle zudrückten, damit er nichts verraten kann. Aber das können Sie im Obduktionsbefund noch ausführlich nachlesen. Kommen Sie, Panajot!«

Freitag nacht – 23.47 Uhr – letzter Waggon

Monatelang häuften sich bei der Volkspolizei die Anzeigen über Kollidiebstähle im Reichsbahngüterverkehr. Optische Geräte, Schuhe, Lebensmittel und Stoffe waren kisten- und ballenweise gestohlen worden. Alle Ermittlungen nach den Tätern verliefen im Sande. Es gab nicht die geringste Spur – bis schließlich Mitte September vergangenen Jahres auf dem Berliner Sektorengrenzbahnhof Friedrichstraße in einem S-Bahnzug von kontrollierenden Transportpolizisten eine von einem Schieber im Stich gelassene Aktentasche beschlagnahmt wurde. Sie enthielt 150 wertvolle Schweizer Importuhren und ein offensichtlich als Reiselektüre benutztes Buch von Edgar Wallace: »Der Doppelgänger«. Auf der Innenseite des Buches fand sich die Anschrift einer Leipziger Leihbücherei mit diversen Ausleihvermerken. Hier begannen nun die Ermittlungen, die Kommissar Schulz im Auftrage seines Dezernatsleiter, VP-Rat Bengsch, anstellte. Mit aller gebotenen Vorsicht übrigens, um den ohnehin durch den Verlust seiner Tasche zur Vorsicht gemahnten Uhrenbesitzer nicht zu warnen.

Der Leihbuchhändler Piul ist ein dürres, kleines Männlein mit einer imposanten Gerhart-Hauptmann-Tolle und einer skurrilen Halbglasbrille auf der spitzen Nase. Er scheint im Staub seiner vielen hundert Bücher, die bis hoch an die Decke seines kleinen Ladens gestapelt sind, eingetrocknet zu sein. Bücher sind für ihn keine Handelsware, sondern Lebewesen wie eigene Kinder. Er verkauft sie nie, verleiht sie eigentlich nur ungern und auch nur an Menschen die ihm vertrauenswürdig erscheinen. Mit peinlicher Korrektheit führt er über jedes seiner Bücher eine Karteikarte, und so kann er dem Kommissar auf Anhieb sagen: »›Der Doppelgänger‹ – Am 12. September an Herrn Harry Solms, Harnischstraße, verliehen.«

»Herr Solms ist zur Zeit verreist«, sagt die Hausvertrauensfrau in der Harnischstraße, bei der sich Schulz unter einem Vorwand erkundigt. Sie fügt dann noch hinzu: »Aber wenn Sie etwas von ihm wollen, dann gehen Sie doch mal abends in die St.-Pauli-Bar, da ist seine Braut Barfrau. Ist so 'ne Wasserstoffblonde, Maria heißt sie, die können Sie gar nicht verfehlen.«

Die St.-Pauli-Bar sieht aus, wie sich Landratten »sündhafte« Hafenkneipen jenseits des Äquators vorzustellen pflegen. Krokodile, Seeschlangen und andere ausgestopfte Ungeheuer hängen von der verräucherten Decke herab, zwischen ihnen baumeln Koggen und die berühmten Segelschiff-Flaschen. In den Ecken der Bar welken in grünen Kübeln Palmen dahin.

Sündhaft in dieser Hafenbar sind allerdings nur die Preise der Cocktails und das Abendkleid der Barfrau Maria. Ihr blondes Haar fällt üppig auf nackte weichgerundete Schultern, der Mund ist breit, dunkelrot und sinnlich. Das Attraktivste an Maria ist aber zweifellos ihr Busen. Das raffiniert weitausgeschnittene Dekolleté des hautengen Samtkleides scheint alle Mühe zu haben, die Fülle der pfirsichzarten Brüste im polizeilich zugelassenen Rahmen zu halten.

Kommissar Schulz sitzt jetzt nahezu zwei Stunden an der Bar, hinten in der Ecke, wo sie an der Wand endet und wo er, ohne selbst beobachtet zu werden, das Treiben im Lokal und das Verhalten der Gäste an der Bar im Auge hat. Einen beträchtlichen Teil dieser Beobachtung widmet er der Barfrau selbst.

Jetzt, als sie sich beim Servieren des zweiten Gin-Fizz vertraulich zu ihm hinüberbeugt und dabei wie unbeabsichtigt ihre Brüste gegen seine Finger preßt, die auf der Bar liegen, zögert er einen Atemzug lang, ehe er seine Hände zurückzieht. Mit einer vom ständigen Tabak- und Alkoholdunst heiser gewordenen Stimme sagt sie: »Merkwürdig, Sie sitzen doch schon den ganzen Abend hier, und ich hab mich noch nicht einmal um Sie gekümmert. Dabei sind Sie mir gleich aufgefallen, als Sie 'reinkamen ...«

Jetzt wird sie gleich fragen: Was machen Sie so allein hier? Sind Sie von auswärts? Haben Sie geschäftlich in Leipzig zu tun? geht es Schulz durch den Kopf, und er überlegt schon, was er ihr am besten vorschwindeln könnte, um mit ihr ins Gespräch zu kommen.

Da tritt ein junger Mann an die Bar heran, zwanzig, höchstens dreiundzwanzig Jahre alt. Sein aufs modernste geschneiderter Anzug steht in krassem Widerspruch zu seinem grob geschnittenen, unausgereiften Gesicht. Mit lässigem Schwung hüpft er auf den Barhocker. Im gleichen Augenblick bricht Maria die Unterhaltung ab, geht zu dem neuen Gast und begrüßt ihn wie einen guten Bekannten. Dann stecken beide die Köpfe zusammen.

Schulz kann nicht verstehen, was sie miteinander

besprechen. Der Lärm im Lokal ist zu groß. Aber das Verhalten des Jungen beansprucht sein Interesse. Er spricht ohne Unterlaß, dabei tasten seine Blicke die Frau ab, wandern über die Haare, den Mund, die nackten Schultern. Gierig und verlangend. Während er redet, versucht er immer wieder, mit seinem Kopf ganz dicht an ihr Gesicht heranzukommen. Unmerklich, wenige Zentimeter nur, zieht sie dann jedesmal den Kopf zurück. Gerade soweit, um die körperliche Berührung zu verhindern. Ein raffiniertes Spiel: Sie versagt sich dem Jungen und weckt doch gleichzeitig immer wieder seine Begierde.

Der muß ja mächtig in sie verknallt sein, denkt Schulz und beobachtet dabei die Hände des Jungen. Zärtlich, beinahe andächtig streicheln sie über Marias Schultern, gleiten dann herab und tastend zitternd die Ansätze ihrer Brüste ab. Sie tut, als bemerke sie es nicht und läßt ihn gewähren. Schulz muß lächeln. Doch die Heiterkeit vergeht ihm im nächsten Augenblick. Der linke Jackettärmel des Jungen hat sich hochgeschoben und entblößt die Armbanduhr, die er am Handgelenk trägt. Das ist doch eine von den Uhren, wie wir sie im S-Bahnzug gefunden haben! geht es Schulz blitzartig durch den Sinn. Doch dann schüttelt er den Kopf. Unsinn! Zehntausende solcher Uhren sind in den letzten Jahren eingeführt und verkauft worden. Aber Schulz kann den Blick nicht von der Uhr wenden.

Plötzlich klettert der Junge vom Hocker herunter, geht über die Tanzfläche und nimmt an einem reservierten Tisch Platz. Schulz wendet sich wieder seinem Gin-Fizz zu, pustet mit dem Strohhalm Bläschen. Maria kommt zu ihm zurück. Sie wirkt nervös, gereizt, als habe ihr das Gespräch mit dem Jungen Ärger gemacht, sie in Unruhe versetzt. Ohne Übergang sagt sie: »Trudeln Sie? Wollen wir uns eine Lage ausspielen?« Als Schulz nickt, stellt sie den Trudelbecher mit drei Würfeln auf die Bar. »Hoch bestimmt«, sagt sie und stülpt den Lederbecher um.

Sie spielen »Chicago«, »International«, »Hamburger mit Anhänger«, »Lehmann, Frau und Kinder«, was in allen Kneipen und Bars der Welt getrudelt wird. Und Schulz verliert nahezu ununterbrochen. Mit einiger Sorge denkt er an seine Reisekostenabrechnung. Aber er trudelt weiter. Solange getrudelt wird, bleibt Maria bei ihm, und er kann alle Gespräche mit anhören, die sie mit den Gästen führt.

Im Laufe der Nacht kommen noch drei Bürschlein von der Sorte, die Schulz bereits kennengelernt hat. Maria behandelt sie alle mit der gleichen gemessenen Vertraulichkeit, die Jungen aber scheinen sehr in sie verliebt zu sein. Obgleich die Gespräche leise geführt werden, hat Schulz doch bald heraus, worum sie sich drehen: Um einen Harry, der nach Berlin gefahren und noch nicht wiedergekommen ist. Um Geld, das dieser Harry zu bringen hat. Schulz hört auch heraus, daß Harry den uneingeschränkten Respekt der anderen genießt und sie nur die Gelegenheit seiner Abwesenheit benutzen, um Maria den Hof zu machen. Er sieht schließlich, daß sie alle die gleichen Uhren am Handgelenk tragen – wertvolle Goldstopper!

Kommissar Schulz weiß jetzt eigentich genug. Er hat keine Zweifel mehr, woher die in der S-Bahn gefundenen Uhren stammen: Hier hat er eine Bande jugendlicher Einbrecher aufgestöbert, deren Kopf wohl der verreiste Harry ist, die aber im Grunde genommen nur von dieser Barfrau Maria kommandiert und zusammengehalten wird. Schulz mißfällt nur, daß die Uhren – wie er festgestellt hat – gar nicht aus Geschäftseinbrüchen herstammen. Nicht ein einziger Einbruch derartigen Umfanges ist im letzten Jahr in einem Uhrengeschäft verübt worden. Hier hat die Geschichte ihren dunklen Punkt. Um ihn aufzuklären, verzichtet Schulz darauf, jetzt schon die Bande festnehmen zu lassen.

Seine Gedanken unterbricht ein Mann in Uniform, der neben ihn an die Bar herantritt. Ein Eisenbahner, der wohl vom Nachtdienst kommt. Er setzt sich nicht auf den Hocker, sondern bleibt stehen und reicht Maria die Hand. Er bestellt einen doppelten Kognak und eine Schachtel Zigaretten, trinkt den Kognak in einem Zuge aus, steckt die Zigaretten ein und geht wieder, ohne seine Zeche zu bezahlen, ohne ein Wort gesprochen zu haben. Diesem seltsamen Gast blickt Schulz erstaunt nach. An dem reservierten Tisch, an dem die vier Burschen noch immer auf Harry warten, bleibt der Eisenbahner stehen, spricht auf sie ein, macht dann mit den Fingern der rechten Hand die internationale Geste des Geldzählens und schüttelt enttäuscht den Kopf. Schließlich greift er sich eines der auf dem Tisch stehenden Gläser, trinkt es aus und geht mit polternden Schritten übers Parkett dem Ausgang zu.

Als Schulz sich wieder Maria zuwendet, sieht er, wie sie einen Zettel, den ihr der Eisenbahner bei der Begrüßung zugesteckt haben muß, zusammenfaltet und in den Ausschnitt ihres Kleides steckt. Dann nickt sie zu dem reservierten Tisch hinüber. Einer der Halbwüchsigen erhebt sich. Schulz kann nur wenige Satzfetzen der Unterhaltung verstehen: »Ohne Harry nicht« – »Freitag nacht« – »Fotoapparate« – »Nach Rostock«. Dann muß er sich abwenden, denn Maria sieht zu ihm hin, ob er zuhört.

»So, nun können wir weitertrudeln«, sagt sie, als sie zurückkommt. Als Schulz zum Trudelbecher greift, nimmt sie den Zettel aus ihrem Ausschnitt, zerreißt ihn sorgfältig in kleine Schnipsel, die sie dann in den Aschbecher vor ihm wirft.

Schulz überlegt einen Augenblick, sagt dann: »Chicago! Um zwei doppelte ›Sowjetische‹.« Er hatte gerade gesehen, daß die Flasche mit dem sowjetischen Kognak hinten im Wandregal der Bar steht.

Er verliert auch diese Runde. Egal. Wichtig ist ihm nur, daß sie jetzt zu dem Wandregal geht. Während seine Augen ihren wiegenden Hüften folgen, greift er mit der Hand zum Aschbecher, zieht ihn lautlos von der Bar, läßt ihn samt Asche, Zigarettenstummeln und Schnipseln in seiner Jackettasche verschwinden. Später – als sie angestoßen haben und sich Maria eine Zigarette ansteckt – sucht sie einen Moment nach dem Aschbecher, zieht sich aber schließlich einen anderen heran.

»Na, noch eine Revanche?« ermuntert sie ihn zum Weiterspielen.

Schulz schüttelt den Kopf. »Nee, danke, Mädchen, für heute reicht's mir, mach' mal die Rechnung fertig.«

»Schade, daß Sie schon gehen«, sagt Maria, als sie die Lagen zusammenzählt, und sie meint es ehrlich. Irgendwie gefällt ihr dieser stille junge Mann mit dem sympathischen Gesicht und den hellen, flinken Augen. Er war so anders als die Männer, die sonst bei ihr sitzen und ihr den ganzen Abend in den Kleiderausschnitt sehen. Frischer, natürlicher und vor allem männlicher als die Knirpse an dem reservierten Tisch. Sie hätte ihn gern noch auf eine Tasse Kaffee mit nach Hause genommen, wo doch Harry nicht da war.

Schulz errät ihre Gedanken. Doch er erhebt sich. Der Aschbecher in der Tasche mit den Schnipseln, die er noch mühselig zusammensetzen muß, mahnen ihn zur Eile. »Tschüs, Goldkind«, sagt er und drückt ihr die Hand, die feucht und heiß ist. »Ich komm Freitag wieder vorbei ...« Und das ist kein leeres Versprechen.

Freitag abend sitzen neben dem welken Gestrüpp einer Zimmerpalme VP-Rat Bengsch, Oberkommissar Dittmann und Kommissar Schulz. Gespannt, aber unauffällig verfolgen sie die Vorgänge an der Bar. Schulz hat Maria nur kurz begrüßt, etwas von Geschäftsfreunden, denen er noch Gesellschaft leisten müsse, gesagt. Doch sie war verändert, lud ihn nicht ein, an der Bar zu bleiben und schien sehr nervös. Als Schulz auf dem Rückweg nicht nur seine vier Freunde vom letzten Mal, sondern auch noch einen fünften an dem Tisch in der Nähe des Ausgangs entdeckt, weiß er, Harry ist wieder da, und er begreift Marias Zurückhaltung.

In immer kürzer werdenden Abständen sieht Bengsch auf die Uhr, denkt dabei an den aus den Schnipseln zusammengesetzten Inhalt des Zettels. »Freitag nacht. 23.47 Uhr. Güterzug nach Rostock. Letzter Waggon. Fotoapparate« stand darauf.

Es geht jetzt auf halb elf Uhr zu. Aber noch geschieht nichts, was das Geheimnis dieser wenigen Worte lüften könnte. Bengsch ist sich klar, daß dieser letzte Waggon ausgeraubt werden soll. Aber wie und vor allem wo würde das vor sich gehen? Auf dem Güterbahnhof? Bei einem Halt auf der freien Strecke? Oder durch Aufspringen während der Fahrt? Diese Vielzahl der Möglichkeiten erschwert von vornherein sämtliche Maßnahmen. Sie müssen warten, bis diese Burschen etwas unternehmen, dann erst können sie zugreifen.

Gegen elf Uhr erheben sich die fünf. Bengsch, Dittmann und Schulz folgen ihnen in kurzem Abstand, als sie die Bar verlassen. Draußen besteigen sie ein abseits parkendes Auto. In unauffälligem Abstand fährt der Polizeifunkwagen hinterher. Bengsch, der vorn neben dem Fahrer sitzt, hat die Karte auf den Knien und verfolgt mit der Taschenlampe die Fahrtroute. Zwischendurch gibt er über den Sprechfunk immer wieder Standortmeldungen an die Funkleitstelle. Innerhalb weniger Minuten können sämtliche Funkwagen Leipzigs zur Fahndung eingesetzt werden. Nur, erst muß sich herausstellen, was die fünf Burschen im Schilde führen.

Die Fahrt geht rauf nach Eutritzsch und dann weiter Richtung Delitzsch. Nach zwanzig Minuten Fahrzeit biegt der Wagen vor ihnen plötzlich von der Straße ab und bleibt auf dem Felde stehen. Um nicht aufzufallen, muß der Funkwagen an ihm vorbeifahren. Vorher läßt Bengsch einen kurzen Moment halten, damit Kommissar Schulz unbemerkt aussteigen und sich im Chausseegraben verstecken kann.

Es vergehen gut fünf Minuten, dann verlassen drei der Burschen den Pkw und gehen die Chaussee entlang. Sie tragen jetzt Schutzanzüge über ihrer Kleidung und haben sich um den Bauch irgendwelche Werkzeuge gebunden. Hammer, Meißel und eine kurze Brechstange, vermutet Schulz, der ihnen im Schutz des Chausseegrabens lautlos folgt. Genau ist das bei dem mageren Mondlicht nicht zu erkennen.

Nach vielleicht zweihundert Metern Fußweg erkennt Schulz die Brücke, die über die Eisenbahngleise führt. Er muß jetzt zurückbleiben, denn die drei postieren sich mitten auf der Brücke. Minuten später ist das Keuchen einer herannahenden Lokomotive zu hören. Die drei gehen jetzt zum Geländer, sehen nach unten. In diesem Augenblick fährt die Lok durch, zieht schnaufend den Güterzug die ansteigende Strecke hoch, langsam und schwerfällig. Der Rauch aus dem Kessel hüllt die Brücke in einen undurchsichtigen Schleier. Als er sich verzogen hat, ist sie leer. Die drei sind wie vom Erdboden verschwunden.

In großen Sprüngen hetzt Schulz zur Brücke, trifft dort mit Bengsch und Dittmann zusammen, die von der anderen Seite gelaufen kommen. »Die sind auf den Zug gesprungen. Los, wir müssen hinterher, den Feldweg am Bahndamm entlang. Ein Kilometer weiter ist eine Blockstelle, an der die Güterzüge kurz halten müssen. Dort werden wir sie schnappen!« brüllt Bengsch ihm entgegen und macht sofort wieder kehrt.

Auf dem ausgefahrenen Feldweg kommt der EMW nur im Schneckentempo vorwärts. Kostbare Minuten vergehen. Endlich erreichen sie die Blockstelle. Doch der Zugang zum Bahnkörper ist durch Schrebergärten versperrt. Sie müssen um sie herumfahren, kommen erst in Höhe der Lokomotive des haltenden Güterzuges unmittelbar an die Gleise heran.

Bengsch, Schulz und Dittmann springen aus dem Wagen. Da zieht die Lok an. Langsam und mit jedem Meter schneller werdend, rollt der Güterzug weiter. Die drei stolpern über den Gleiskörper, jagen dem Ende des Zuges entgegen, um den letzten Wagen zu erreichen. Unmöglich! Das Fahrtempo wird zu schnell, sie müssen auf den nächsten Wagen springen und sich über Dächer und Puffer in lebensgefährlichen Kletterpartien bis zum Zugende vorarbeiten.

Im Bremserhäuschen des vorletzten Waggons wird eine Pause eingelegt. Von hier haben sie den Überblick über das Dach des letzten Wagens. Es ist leer. Doch drei herumliegende Planken und die aufgerissene Dachpappe zeugen von dem Aufenthalt der drei Verschwundenen. Sie sind ins Innere des Waggons gestiegen und halten Inventur unter den Exportkameras des VEB Zeiss Jena, suchen sich die handlichsten Kollis zum Abspringen aus.

»Brauchen wir nur noch zu warten, bis sie wieder rauskommen, Hände hoch rufen und ...«

»Und wenn sie bewaffnet sind und uns von drüben in Schach halten, bis sie abspringen können, was dann?« unterbricht Bengsch die Betrachtungen seines Mitarbeiters über die beste Art der Festnahme.

»Sehr weise«, echot Schulz. »Ich will ja auch ohne Loch im Bauch noch heute Nacht in die St.-Pauli-Bar zu Fräulein Maria.« Einen Moment schweigt er, überlegt und sagt dann: »Wir werden sie einfach abkoppeln, dann können wir sie in aller Ruhe festnehmen.«

Bengsch macht Einwände. Das geht nicht, zu gefährlich. Dittmann schüttelt ablehnend den Kopf. Doch Schulz läßt sich nicht stören. Vorsichtig klettert er die Eisenstufen der Treppe herunter, steigt auf die Puffer und macht sich an dem Hebel zu schaffen, der die Wagenkupplung gespannt hält und sichert. Wohl oder übel folgen nun auch Bengsch und Dittmann und klettern mit gemischten Gefühlen über die vibrierenden Puffer auf das schmale Brett an der Stirnseite des letzten Waggons. Alle Geräusche gehen im Poltern des fahrenden Zuges unter.

Der Schweiß tropft Schulz von der Stirn, und die Handflächen brennen ihm wie Feuer, als er endlich die Sicherung der Kupplung aufgedreht hat und jetzt die dicke Eisenöse aus dem Haken hebt. Sekunden noch, die ihm genügen, ebenfalls auf den letzten Waggon überzusteigen, hält der Schlauch der Luftdruckbremse noch die Verbindung zwischen den Waggons, dann zischt es, die Schlauchkupplung ist gerissen. Der Abstand zwischen den Puffern wird immer größer, langsam, kaum merklich rollt der Waggon aus.

Schulz ist auf das Dach geklettert und an die Öffnung herangerobbt. »Aussteigen, meine Herren, Endstation!« ruft er in den Waggon hinein, in dem sich die drei hinter Kisten versteckt halten, in der naiven Hoffnung, nicht entdeckt zu werden.

Zehn Minuten später sind der Funkwagen und die von ihm über Sprechfunk alarmierten Einsatzkommandos zur Stelle.

Mit großen, erschrockenen Augen kommt Maria von ihrem kleinen Hocker hoch, als sich Kommissar Schulz eine Stunde später über die Bar beugt. Sein derangiertes Aussehen verwundert sie so, daß sie die beiden Volkspolizisten, die am Eingang zurückgeblieben sind, übersieht. Einen Moment stiller Betrachtung ihres reizvollen Dekolletés vergönnt sich Schulz nach den überstandenen Aufregungen noch, dann hält er ihr seine Erkennungsmarke über die Bar.

Überfall auf Taxi IB 37-58

Es ist an einem freundlichen Spätherbsttag des Jahres 1956, als Volkspolizeikommissar Schulz eine Art Jubiläum feiert. Ein Jubiläum allerdings, bei dem ihm die Galle überläuft! Es ist das zehnte Mal, daß er einem etwa zweiundzwanzigjährigen Mann höflich versichern muß: »Bitte entschuldigen Sie unseren Mißgriff, aber der Täter, der den Raubüberfall auf den Taxifahrer in Köpenick verübt hat, war, wie die Zeugen bekunden, genau wie Sie gekleidet. Er trug auch eine braune Rollerjacke, graue Kordhosen und dunkle Schuhe in dieser italienischen Machart. Leider stellt sich diese Beschreibung als sehr oberflächlich heraus. Wir haben uns geirrt. Sie haben mit der Sache nichts zu tun ...«

»Fünfundzwanzigmal wird wohl nicht reichen, Herr Kommissar, wie oft ich das nun schon erzählen mußte«, beginnt eine halbe Stunde später der Kraftfahrer Albert Gutzeit seine Aussage.

»Mag sein, Herr Gutzeit, leider kann ich Ihnen das sechsundzwanzigste Mal auch nicht ersparen. Es kommt auf das winzigste Detail an, wir müssen endlich einen Ansatzpunkt finden. Bitte schildern Sie alles recht ausführlich.«

»Ausführlich?« Der Taxifahrer schüttelt zwar etwas verwundert seinen verbundenen Kopf, kommt dann aber ins Erzählen, und es dauert fast zwei Stunden, bis Schulz seiner Sekretärin folgendes in die Maschine diktieren kann:

»Zu seinen bisherigen Angaben, nach denen er am Abend des 10. September von einem etwa zwanzigjährigen Burschen auf der Fahrt vom Bahnhof Schöneweide zur Siedlung Kämmererheide beim Einbiegen in den Müggelschlößchenweg hinterrücks mit einem Mauerstein niedergeschlagen und beraubt wurde, gibt der Überfallene noch zu Protokoll: In der mir gestohlenen Brieftasche befand sich außer den 78,50 DM auch noch ein kleiner Herrenbrillantring, der aber nicht echt ist. Auch erinnere ich mich jetzt, daß der Täter mir auf meinen Einwand, ich dürfe eigentlich nicht fahren, weil mein Rücklicht nicht funktioniere, geraten hatte, auf der Rückfahrt bei der Nachtreparaturwerkstatt Dommasch in Köpenick den Schaden in Ordnung bringen zu lassen. Weitere Angaben zur Sache kann ich nicht mehr machen.

Selbst gelesen, genehmigt
und unterschrieben ...«

Als sich die Tür hinter dem Taxifahrer geschlossen hat, begibt sich Schulz auf Wanderschaft, immer die Kanten des Teppichs entlang. Und während die Sekretärin hinter ihrer Maschine sich in Ruhe der Pflege ihrer Fingernägel widmet, versucht er laut das bisherige Ermittlungsergebnis zu analysieren: »Drei Anhaltspunkte haben wir. Erstens: den imitierten Brillantring! Ihn soll Becker übernehmen, in Pfandleihen, Juwelierläden, Kneipen und so weiter nachforschen, ob er zum Kauf angeboten wurde. Notieren Sie das, Elsbeth.« Und er fährt fort: »Dann diese

Nachtreparaturwerkstatt Dommasch. Der Täter kannte sie gut, das kann ein wertvoller Hinweis sein. Brugsch soll dort Ermittlungen anstellen. Bleiben noch die Tanzböden, Wartesäle und sonstigen zwielichtigen Lokalitäten, die solch junge entwurzelte Burschen mit Vorliebe als Treffpunkte benutzen. Dort werde ich mich heute abend selbst umsehen«, beendet Schulz seine Überlegungen und greift nach Hut und Mantel. Den Täter dort zu finden, wäre ein toller Zufall, aber Schulz meint: Kommissar Zufall war noch immer der erfolgreichste Kriminalist!

»Kommissar Zufall scheint zum Lehrgang abgestellt zu sein«, murmelt Elsbeth halblaut, als sie am anderen Morgen das Zimmer betritt und Schulz sichtlich mißgestimmt am Schreibtisch sitzen sieht. Doch als sie die steile Falte auf seiner Stirn entdeckt und sein unmißverständliches »Was ist los?« hört, verkneift sie sich die Antwort.

»Genosse Kommissar, ich hab nichts gesagt.«

Einlenkend beginnt dann Schulz: »Naja, in einer Nacht kann man natürlich nichts erreichen. Man muß eben Geduld haben. Aber ich bin fest davon überzeugt, daß der Täter in diesen Kreisen zu finden ist. Ich werde es mal mit einer Razzia versuchen!«

»Da werden sich aber die Kellner freuen, so viele Zechpreller, wie bei einer polizeilichen Razzia haben sie sonst das ganze Jahr nicht«, redet Elsbeth unbekümmert weiter. Einer Antwort darauf wird Schulz durch das Eintreten von Unterkommissar Becker enthoben. Seine Ermittlungen waren gleichermaßen erfolglos verlaufen.

Spätnachmittags findet sich auch Brugsch ein. »War in der Republik, wegen der Geschichte«, entschuldigt er sich. »Die Autobude ist nämlich schon seit fünf Jahren zu, und der Besitzer wohnt jetzt in Angermünde.«

»Na und, hat sich die Reise wenigstens gelohnt? Erzählen Sie doch«, drängt Schulz.

»Der Besitzer der Werkstatt hatte damals in Köpenick einen Lehrling. Drei Tage lang, dann brannte er mit der Portokasse durch. Leider wußte der Mann weder den Namen noch die Adresse des Jungen, entsann sich nur noch, daß er feuerrote Haare hatte und sehr groß war.«

»Na, der muß doch Unterlagen über sein Personal haben«, ereifert sich Schulz.

»Nein, hat er nicht mehr. Aber übers Arbeitsamt Köpenick hab ich seine Anschrift herausbekommen. Lothar Bojar, Adlershofer Straße in Köpenick. Dort ist er jedenfalls bei seiner Großmutter in Köpenick gemeldet, treibt sich aber die meiste Zeit wohnungslos herum. Nur wenn er in Not ist, kreuzt er bei der alten Dame auf. Sein Stammlokal soll die Turf-Diele sein. Irgend so'n Bumslokal in der Nähe der Friedrichstraße.«

Kommissar Schulz' Miene hat sich aufgehellt. »Gut, sehr schön, Brugsch. Das hilft uns bestimmt weiter. Heute abend werden wir uns gleich mal den Laden ansehen.«

Die braune, wie aus Wildleder geschneiderte Jacke fällt Schulz sofort auf. »Kriminalpolizei! Ihren Ausweis bitte.« Doch als der Angesprochene sich umdreht und den Ausweis hinhält, hat Schulz Mühe, seine Enttäuschung zu verbergen. »Werner Birkholz«, liest er, und dann fallen ihm auch die blonden Haare auf, die er im Jagdfieber gar nicht beachtet hatte. »Danke schön«, sagt er noch, doch dann stutzt er. Als der Bursche mit seiner Hand nach dem Ausweis greift, sieht er einen Brillantring am kleinen Finger!

Unbeeindruckt nimmt der Zwanzigjährige auf dem Stuhl, der vor dem Schreibtisch des Kommissars steht, Platz, schlägt die Beine übereinander und lehnt sich zurück, als wolle er andeuten: So, nun könnt ihr anfangen.

»Sie wissen wohl, warum wir Sie festgenommen haben?« beginnt Schulz die Vernehmung.

Der Bursche wirft ihm einen belustigten Blick zu. »Ich, wieso ich? Sie wissen das, Sie allein. Ich habe keine Ahnung.«

»Wie Sie wollen, ich kann auch deutlicher werden. Wo haben Sie den Ring da am Finger her?«

»Den? Gekauft, unter der Hand, von einem Kumpel. Ist das strafbar?«

Schulz holt tief Luft. »Erzählen Sie uns keine Märchen, Birkholz. Der Ring gehörte einem Taxifahrer und wurde ihm bei einem Raubüberfall mit der Brieftasche gestohlen. Die Beschreibung des geflüchteten Täters paßt haargenau auf Sie. Zwanzig bis zweiundzwanzig Jahre alt, Kordhose, Rollerjacke.«

»Ach nee, solch ein Zufall, Herr Kommissar. Wo doch Rollerjacken und Kordhosen so selten sind.«

Schulz beißt sich auf die Lippen: »Sie leugnen also weiter?«

»Was heißt hier leugnen, ich bestreite das. Ich hab den Ring von 'nem Kumpel gekauft.«

»Na, dann verraten Sie uns mal den Namen von Ihrem Kumpel.«

»Langer, Herr Kommissar, wir nennen ihn nur ›Langer‹, weil er so lang ist. Vorgestellt hat er sich noch nicht. Aber wenn ich'n sehe, werde ich ihm sagen, daß er mal bei Ihnen vorbeikommt.«

»Das werden Sie ihm schreiben müssen, Birkholz.«

»Wieso schreiben?«

»Weil Sie hierbleiben werden, wenn Ihnen nicht noch schnell Name und Adresse Ihres Kumpels einfallen.«

»Schöne Aussichten, aber ich weiß wirklich nicht,

wie er richtig heißt. Mir fällt aber was andres ein, Herr Kommissar. Wann war das mit dem Überfall? Freitagabend gegen zehn, sagten Sie?«

»Tun Sie nicht so harmlos, Birkholz.«

»Tut mir leid, Herr Kommissar, daß ich Sie nun doch enttäuschen muß, mir fällt da gerade ein, daß ich letzten Freitag von neun bis elf mit meiner festen Dame im Kino war. ›Verwehte Spuren‹ gab's. Ulkig, was? Aber der Film hieß wirklich so. Übrigens, notieren Sie mal gleich die Adresse von meiner Braut, daß Sie nicht wieder denken, ich erzähl Ihnen Märchen.«

Schulz notiert zwar die Adresse, aber er weiß, daß es unsinnig ist, Birkholz jetzt in Haft zu nehmen. Ist er der Täter, reichen die Beweise für einen Haftbefehl nicht aus, geschweige denn für eine Verurteilung. Ist er es aber nicht, dann führt nur über ihn die Spur! Deshalb sagt Schulz jetzt: »Sie können gehen, Birkholz.«

Elsbeth schwant gleich nichts Gutes, als Kommissar Schulz sie am nächsten Tag unerwartet freundlich fragt: »Haben Sie Mut, Elsbeth? Würden Sie für uns einen Einsatz übernehmen, den nur eine Frau erfolgreich ausführen kann?«

»Ich? Wieso ich, worum handelt es sich denn, Genosse Kommissar?« stottert sie, nicht nur, um Zeit zu gewinnen.

»Sie sollen heute abend in die Turf-Diele gehen. Wir sind dort zu bekannt, außerdem gehört weibliche Diplomatie dazu, einiges über die Gäste dieses Etablissements in Erfahrung zu bringen. Sie sind ganz hübsch, haben keine Hemmungen und werden am ehesten herausbekommen, was wir brauchen. Machen Sie sich ein bißchen auf Krawall zurecht. Das Lokal ist ein Bumsladen und keine Abendhochschule. Angst brauchen Sie jedoch nicht zu haben, für Ihre Rückendeckung wird gesorgt. Also ...?«

Die Turf-Diele ist ein Mittelding zwischen Kaschemme und »Familien-können-Kaffee-kochen-Ausflugslokal«. Die Aufmachung ist verstaubt kleinbürgerlich, die Gäste aber sind undurchsichtig wie die halbdunkle Beleuchtung. Elsbeth atmet auf, als sie gleich am Eingang eine barähnliche Theke entdeckt, vor der einige Hocker stehen. Unsicher hängt sie ihren Mantel an einen Garderobenhaken und erklimmt einigermaßen elegant den Barhocker. Als sie dann demonstrativ ihren Mund breit nachschminkt, ein paar Locken verworfen in die Stirn rückt und sich dann in dem kleinen Taschenspiegel betrachtet, kann sie ein Lächeln nicht verbergen.

Der Halbwüchsige, der in diesem Augenblick gerade das Lokal betritt, hält ihr kleines Lächeln wohl für eine hier nicht unübliche Annonce d'amour und nimmt dann auch ohne viel Umstände neben ihr Platz. Wohlwollend und völlig ungeniert mustert er sie, verharrt mit seinen Blicken eine Weile auf ihrem schwarzen, etwas engen Pullover, den sie sich von ihrer jüngeren Schwester ausgeborgt hat und sagt endlich: »Hallo, du gefällst mir. Bleiben wir heute zusammen?«

Kommissar Schulz hat nur zwei Fragen: »War der Rothaarige da, und haben Sie etwas über diesen Birkholz in Erfahrung gebracht, Elsbeth?«

»Nichts habe ich erfahren, aber einen neuen Tip hab' ich mitbekommen.«

»Umgekehrt wäre es mir lieber«, sagt Schulz enttäuscht.

»Warten Sie ab, Genosse Kommissar. Sonnabendabend haben sich drei Bengels aus der Turf-Diele am S-Bahnhof Grünau verabredet und wollen von dort aus mit einer Taxe weiter. Wohin, konnte ich nicht herausbekommen.«

Schulz hört schon nicht mehr zu. »Natürlich, das erste Ding hat geklappt, da wollen sie's gleich nochmal versuchen. Drei Mann hoch, um auch ganz sicher zu gehen. Na, denen werden wir die Suppe versalzen!«

VP-Meister Otto sieht Kommissar Schulz einigermaßen erstaunt an, als dieser ihm eröffnet: »Sonnabend machst du mal 'ne halbe Stunde Taxifahrer. Ein paar Halbstarke wollen am Bahnhof Grünau einen Taxifahrer überfallen, denen müssen wir das Handwerk legen.«

Otto braucht nicht lange, um die Zusammenhänge zu begreifen. »Wie denn, soll ich mich etwa überfallen lassen?«

»Ja, ja, aber du brauchst keine Angst zu haben, für deine Sicherheit ist bestens gesorgt«, beruhigt ihn Schulz sofort. »Du bekommst ein Stahlkorsett um Hals und Schultern und als Kopfschutz eine Rennfahrersturzkappe. Über die ziehst du eine Ballonmütze, das fällt gar nicht auf. Außerdem sind wir ja mit dem Funkwagen hinter dir.« Damit klopft Schulz seinem Fahrer Otto kameradschaftlich auf die Schulter. Der Einsatz ist beschlossen.

Im Schatten des Bahnhofeingangs Grünau steht regungslos Unterkommissar Becker. Otto hat ihn vom Fahrersitz der Taxe aus genau im Auge, obgleich ihm das Umdrehen bei seiner Verpackung erhebliche Schwierigkeiten bereitet. Wenn sich Becker in Bewegung setzt, dann kommen sie – so ist's verabredet.

Einen Augenblick nur hatte Otto weggesehen, um sich eine Zigarette anzuzünden; als er dann wieder hinblickt, ist der Unterkommissar verschwunden. In kurzer Entfernung kommen aber drei junge Männer in modisch kurzen Mänteln auf den Wagen zu.

»Zur ›Riviera‹, Meester!«

Die pomadige Art des Bengels ärgert Otto über alle Maßen, am liebsten würde er sich jetzt umdrehen, doch das Korsett hindert ihn daran. Außerdem hält er es für angebrachter, sich so weit wie möglich nach vorn über das Lenkrad zu beugen. Beruhigend auf seine Nerven wirkt lediglich der Scheinwerferkegel des unauffällig folgenden Funkwagens, der sich hin und wieder im Rückspiegel bricht.

Die drei Burschen im Fond lachen und erzählen sich Zoten, deren Sinn Otto aber nicht ganz versteht, weil er nur auf das eine, ganz bestimmte Geräusch wartet. Erst, als er in eine kleine Villenstraße einbiegt, weil er sich in der Aufregung offensichtlich verfahren hat, wird es hinten im Wagen still. Es ist unheimlich still, dann kommt einer der drei nach vorn gerutscht. Otto beugt sich über das Lenkrad, aber die Hand erreicht ihn trotzdem und tippt ihm energisch auf die Schulter: »Sie, wo fahren Sie uns denn hin, Meester? Wir wollen zur ›Riviera‹, um halb zehne beginnt det Preistanzen. Drücken Se mal uff de Tube, daß wir pünktlich hinkommen.«

Wortlos, aber mit knirschenden Zähnen tritt Otto den Gashebel durch und lädt Minuten später vor dem hellerleuchteten Lokal seine unheimlichen Fahrgäste ab.

Als kurz danach Schulz und Brugsch heranstürzen, hat er schon den Rennfahrersturzhelm abgenommen und wütend auf den Sitz geknallt. »Preistanztournier! Und dafür staffiert ihr mich aus wie einen Testpiloten, der die Schallmauer zu durchbrechen hat.«

Die drückende Stille im Funkwagen wird nur vom »tüt – tüt – tüt« des Polizeisenders unterbrochen.

Plötzlich knackt es in der Empfangsanlage, der Sprecher der Funkleitstelle schaltet sich ein.

»Hier Leitstelle, hier Leitstelle! An alle Funkwagen der Inspektion Köpenick. Versuchter Raubüberfall auf Taxifahrer am Müggelschlößchenweg. Fahndung nach dem flüchtigen Täter ist aufzunehmen. Personalbeschreibung: zwanzig bis fünfundzwanzig Jahre alt, roter Haarschopf, bekleidet mit sogenannter Roller- oder Campingjacke und Kordhose. Täter hat im Gesicht blutige Kratzspuren davongetragen!«

»Roter Haarschopf, Müggelschlößchenweg, Rollerjacke?« murmelt Schulz nur, während aus der Sprechanlage blechern die Wiederholung der Durchsage klingt. Dann ist er hellwach.

»Auf schnellstem Wege nach Köpenick, Adlershofer Straße«, weist er den Fahrer an.

»Zu der Großmutter des Rothaarigen?« fragt Brugsch jetzt.

»Natürlich. Mit diesen Verletzungen muß er erst mal untertauchen, damit kann er nicht gleich in die Turf-Diele.«

»Sind Sie sicher, daß er nach Hause kommt?«

»Sicher ist man nie, aber wo soll er hin, bei Großmuttern ist man immer am besten aufgehoben. Außerdem hat er noch keine Ahnung, daß die Polizei ihm auf der Spur ist.«

»Hm, sind Sie überzeugt, Schulz, daß es unser Freund ist?«

»Kein Zweifel. Rote Haare, Rollerjacke, Kordhose. Gleicher Tatort wie beim erstenmal, soviel Zufälle gibt es nicht auf einmal. Und Birkholz, den wir wegen des Ringes verdächtigen, ist von Otto zum Tanztournier gefahren worden. Sie haben ihn doch selbst erkannt.«

Der Funkwagen biegt in die Adlershofer Straße ein. Sie ist menschenleer und schlecht beleuchtet.

Der Fahrer fährt dicht an der Bordschwelle entlang, damit Brugsch die Hausnummern erkennen kann. Dennoch muß er den drehbaren Handscheinwerfer zu Hilfe nehmen. Gespenstisch tastet der Lichtkegel die Häuserfronten ab, verweilt auf einem kleinen Emailleschild mit der Nummer 16 und rutscht dann wieder an der Haustür nach unten.

Unterkommissar Brugsch will schon sagen: Weiter, es ist noch ein Stück hin, da erfaßt der Scheinwerfer eine Gestalt, die eng in die Ecke einer Türnische gepreßt steht, mit dem Gesicht zur Wand. Ein Liebespärchen, denkt Brugsch für einen Augenblick, dann aber erkennt er die lange braune Jacke.

Als Schulz und Brugsch herantreten, dreht sich der Junge um und schließt geblendet die Augen. Wie auf eine Kinoleinwand projiziert sind in dem grellen Lichtschein die roten Haare und die beiden blutverschmierten Schrammen auf der Wange zu erkennen.

Schon im Auto, auf der Fahrt ins Präsidium legt der zwanzigjährige Lothar Bojar ein Geständnis ab. Unbefangen, beinahe amüsiert plaudert er: »Es stand schon soviel von Taxiüberfällen in der Zeitung. Das hat mich gereizt. Ich wollte mal sehen, ob's spannend ist. Wenn es Sie interessiert, es ist nichts Besonderes dabei. Natürlich brauchte ich auch Geld, wer braucht das nicht. Aber damit war's auch 'ne Enttäuschung. Der beim erstenmal hatte ja nicht mal hundert Mark bei sich. Deshalb hab ich's auch nochmal probiert. Na, nun ist es schiefgegangen. Pech!«

Schulz und Brugsch hat es die Sprache verschlagen. Sie haben schon viele Geständnisse von Verbrechern gehört, aber selten soviel Abgebrühtheit erlebt. Erst nach minutenlangem Schweigen fragt Schulz: »Stimmt es, daß Sie den beim ersten Überfall erbeuteten Brillantring verkauft haben?«

»Brillantring?« Bojar schüttet sich aus vor Lachen. »Dem kleenen Werner hab ich ihn für'n Westpfund anjedreht, und der hat jeglaubt, daß er echt ist, der Weihnachtsmann!«

Schulz kann das Lachen schon nicht mehr hören, er greift zum Hörer der Funksprechanlage. »Hier Toni 20. Fahndung nach flüchtigem Taxiräuber kann abgebrochen werden. Eben festgenommen worden. Ende der Durchsage!«

Der Mann, der mit Brüssel telefonieren wollte

»Na, dann gute Fahrt und ein frohes Weihnachtsfest«, sagt der Grenzpolizist, nickt noch einmal freundlich in den Wagen hinein und gibt die Straße frei.

Der Mann am Lenkrad des beigefarbenen Opel-Kapitäns murmelt ein flüchtiges »Danke, gleichfalls« und kurbelt die Fensterscheibe hoch. Sekunden später schiebt sich die blanke Kühlerschnauze unter dem Schlagbaum hindurch und taucht vorsichtig in den weißen Vorhang der dicht fallenden Flocken ein.

Kilometer weiter, als im Licht der Scheinwerfer die Autobahnbrücke, die über die Eisenbahnstrecke führt, sichtbar wird, nimmt der Mann wieder den Fuß vom Gashebel, läßt den Wagen langsam über die Brücke rollen und steuert ihn schließlich an den Rand der Böschung.

»Warum hältst du denn hier, Wolfgang?« fragt die junge Frau, die im Fond, in eine dicke Kamelhaardecke eingehüllt, sitzt.

»Nur 'ne Zigarettenpause«, brummt der Mann wenig freundlich und klopft sich dabei aus einem blauen Päckchen eine Zigarette heraus. Erst nachdem er sie angezündet hat, fragt er nach hinten: »Willst du auch eine, Maria?«

»Ja, wenn du noch eine hast«, kommt es leise zurück.

Der Mann am Lenkrad greift in den Ausschnitt seines pelzgefütterten Mantels, zieht aus der Brusttasche des Jacketts eine zweite Zigarette heraus und reicht sie der Frau.

Schweigend rauchen beide die ersten Züge.

»Wenn du in Berlin alles geklärt hast, ist dann wirklich Schluß mit der Geschichte?« fragt sie zögernd.

Er zieht erst an seiner Zigarette, ehe er antwortet: »Wenn es dich beruhigt, am siebenundzwanzigsten muß ich noch mal Brüssel anrufen. Dabei werde ich ihnen sagen, daß ich aussteige«, sagt er dann gleichmütig.

»Dank dir, Wolfgang.« Sie beugt sich nach vorn, streicht ihm mit der freien Hand über die Schulter, tätschelt ihm die Wange und küßt ihm zärtlich den Nacken. Dann macht sie wieder einen tiefen Zug aus der Zigarette, hustet plötzlich und fragt unvermittelt: »Was ist denn das für eine Sorte, die schmeckt ja so komisch?«

»Eine englische. Sie ist parfümiert. Drüben liebt man das«, sagt er tonlos, greift dabei vorsichtig zum Handschuhfach und entnimmt ihm ein handgroßes silbernes Kästchen von der Art einer Tabakschachtel. »Schmeckt sie dir nicht?« Lauernd sagt er das, und als sie nicht mehr antwortet, hält er den Atem an. Dicht neben seinem Gesicht spürt er jetzt ihr weiches Haar. Ihr Kopf ist ihm auf die Schulter gesunken. Sie schläft.

Die Spannung in dem Gesicht des Mannes löst sich augenblicklich. Vorsichtig legt er die Frau zurück auf den hinteren Sitz. Dann öffnet er den Deckel des silbernen Kästchens, nimmt einen zusammengepreßten Schwamm heraus, beugt sich wieder nach hinten und drückt der Schlafenden den Schwamm fest ins Gesicht. Um den sich ausbreitenden Äthergeruch nicht selbst einatmen zu müssen, wendet er sich ab, dreht mit der freien Hand das vordere Fenster zur Hälfte herunter und beginnt zu zählen. Bei vierzig läßt er von der Frau ab, verstaut das Kästchen mit dem Ätherschwamm wieder im Handschuhfach und steigt aus.

Tief saugt er die kalte, klare Winterluft ein, verharrt für Sekunden, als überlege er noch einmal einen längst gefaßten Plan. Entschlossen geht er schließlich nach vorn zu den Scheinwerfern, zieht ein aufgeschlagenes Kursbuch aus dem Mantel, vergleicht noch einmal die Durchfahrzeit des angekreuzten Zuges mit seiner Armbanduhr und nickt dann zufrieden.

Während er zurückgeht und die hintere Tür des Autos öffnet, während er die narkotisierte Frau an den Beinen herauszieht, die Taschen ihrer Kleidung mit aller Sorgfalt leert und sich dann den leblosen Körper auf die Schulter lädt, wird der Vorhang von Dunkelheit und Schneeflocken immer dichter, er verbirgt, was sich hier am Rande der Interzonenstraße abspielt. Unbeobachtet schleppt der Mann sein Opfer die Böschung hinab, trägt es die wenigen Meter durch den Wald zum Bahnkörper und legt sie keuchend quer über das vordere Schienenpaar der zweigleisigen Strecke. Dann läuft er hastig zum Wagen zurück.

Die Betäubung der Frau würde noch Stunden anhalten, doch der Zug der Kleinbahn wird schon in wenigen Minuten vollenden, wozu ihm noch der Mut fehlt. Es wird keine Spuren geben! Ein dutzend Eisenbahnwagen werden ihren Körper bis zur Unkenntlichkeit zermalmen. Man wird es für einen Unglücksfall halten. Er muß sich beeilen, damit der alleingelassene Wagen oben nicht auffällt.

Ohne einem Menschen begegnet zu sein, setzt er sich wieder ans Lenkrad, raucht und wartet, bis aus der Ferne das Keuchen der herankommenden Lokomotive zu hören ist. Dann drückt er den Gashebel durch und steuert auf die Mitte der Straße zu. Dicht und lautlos fällt Schnee in die zurückbleibenden Radspuren. In wenigen Minuten wird niemand mehr erkennen können, daß hier ein Auto gehalten hat.

Sie ist etwa sechzig Jahre alt, trägt ihr silbergraues Haar streng zur Seite gescheitelt und ist bekleidet mit einem hochgeschlossenen Gewand, wie man es sonst nur bei Erzieherinnen kirchlicher Jungmädchenvereine gewohnt ist. Ihr Gesichtsausdruck ist stets von puritanischer Strenge. Daß ihr bürgerlicher Name Charlotte Barnowski ist, wissen die wenigsten, die mit ihr zu tun haben. In den Lagerbaracken für weibliche Ostflüchtlinge und Obdachlose nennt man sie nur »Baronin«. Dennoch ist sie nicht unbeliebt, allein schon, weil ihr Wirken für viele die Hoffnung birgt, irgendwann einmal aus der Trostlosigkeit des Lagerdaseins herauszukommen.

Frau Charlotte Barnowski besitzt eine Gewerbegenehmigung als private Stellenvermittlerin für Hauspersonal und ist in den Westberliner Lagern zwischen Marienfelde und Spandau ständig auf den Beinen, um geeignete Kräfte für ihre Kunden zu engagieren. Bei der Auswahl der Mädchen legt sie strenge Maßstäbe an, wobei sie aber weniger auf hauswirtschaftliche Fähigkeiten als vielmehr auf attraktives Aussehen besonderen Wert legt.

Hier und da, besonders bei Mädchen, die vor ihren Augen keine Gnade gefunden hatten, erzählt man sich, daß ihr ganzes Gewerbe nur Tarnung für einen groß aufgezogenen Kuppeleibetrieb sei, was zu beweisen aber noch niemandem gelungen ist.

Dazu legt die »Baronin« viel zu großen Wert auf die akkurate Einhaltung der behördlichen Verordnungen für das Stellenvermittlungsgewerbe. Von der polizeilichen Abmeldung der vermittelten Mädchen über die vorgeschriebene Untersuchung auf etwa vorhandene Geschlechtskrankheiten und andere hygienische Vorschriften erfüllt sie mit pedantischer Korrektheit jeden Buchstaben dieser Bestimmungen, so daß bisher noch nicht der geringste Makel auf ihr Unternehmen fallen konnte.

Daß die Mädchen bei den ärztlichen Untersuchungen zu Werbezwecken heimlich fotografiert werden, daß ihre Hauptabnehmer die Brüder Eugene und Carmelo Messina wie auch ihr deutscher Verbindungsmann, der wegen Rauschgiftmißbrauchs mit Berufsverbot bestrafte Doktor Marquardt, die größten Zuhälter des Kontinents sein sollen – mein Gott, die »Baronin« hätte wenig Zeit für ihr christliches Unternehmen, wollte sie all diesen Gerüchten nachgehen. Außerdem, die von ihr mit psychologischem Fingerspitzengefühl und Menschenkenntnis ausgesuchten Mädchen sind in erster Linie bestrebt, ein sorgenfreies Leben mit möglichst hohem Einkommen zu führen und sind nicht unbedingt darauf aus, sich mit Fußbodenscheuern und Fensterputzen ihren Lebensunterhalt im Ausland zu verdienen.

So ist denn dieses Weihnachtsfest eines erfolgreich verlaufenen Geschäftsjahres ein Fest besinnlichen Ausruhens für sie, und nichts scheint in der Lage, ihr den Feiertagsfrieden stören zu können. Bis am frühen Vormittag des ersten Weihnachtstages ein beigefarbener Opel-Kapitän vor der Tür ihres Hauses in der Eisenbahnstraße vorfährt und wenig später ein Mann im eleganten Gehpelz, aber bleichem, übernächtigem Gesicht an ihrer Wohnungstür Sturm läutet.

»Doktor Marquardt, Sie in Berlin? Ich denke, Sie sind längst in Brüssel«, empfängt sie ihn überrascht und schon von der Nervosität befallen, die unangenehmen Ereignissen vorauszugehen pflegt.

Die Antwort des Doktors trägt denn auch wenig zu ihrer Beruhigung bei. »Danken Sie Gott, daß ich es bin und nicht die Kriminalpolizei, sonst könnten Sie Ihren christlichen Puff zumachen«, beginnt er recht unziemlich die Unterredung, was die »Baronin« die noch mühsam bewahrte Fassung verlieren läßt.

»Polizei? Was habe ich mit der Polizei zu schaffen? Ich habe doch nichts mit Ihren ...« – dreckigen Geschäften zu tun, wollte sie wohl noch sagen, aber sie verkneift es sich klugerweise.

Der Doktor läßt ihr auch zu weiteren Ausführungen keine Zeit mehr, fährt sie statt dessen unbeherrscht an: »Ein schönes Vögelchen haben Sie uns da ins Nest gesetzt. Halten Sie uns eigentlich für ein höheres Töchterpensionat, Frau Barnowski, oder was haben Sie sich dabei gedacht, als Sie mir die neunzehnjährige ›Unschuld vom Lande‹ vermittelten?«

Um den Mundwinkel der »Baronin« beginnt es gefährlich zu zucken. »Vielleicht sagen Sie mir endlich, was und wen Sie meinen«, unterbricht sie seinen Redeschwall.

Der Doktor zieht seine Brieftasche, entnimmt ihr ein Aktfoto und reicht es der »Baronin«. »Hier, Ihre Studentin aus der Ostzone. Die Dame, die glaubte, weil sie von der Karl-Marx-Universität getürmt ist, bekäme sie in Oxford ein Ehrenstipendium.«

Die »Baronin« betrachtet das Bild nur flüchtig und sagt: »Das ist doch die kleine Werner. Na und? Ist doch ein appetitlicher Käfer. Was haben Sie gegen sie? Will sie nicht? Das legt sich mit der Zeit. Im übrigen ist sie doch selbst zu mir gekommen mit dem

Brief einer Freundin, die ich mal nach London vermittelt hatte. Weil es der Freundin drüben so gut geht, wollte sie doch auch 'rüber. Was kann die denn schon für Ärger machen. Die Freundin hätte ihr doch mit der Zeit die Hemmungen abgewöhnt.«

»Unsinn«, fällt ihr der Doktor ins Wort. »Die glaubt doch noch an den Klapperstorch. Was die für Vorstellungen hatte! Die war so naiv, daß es mich sogar gereizt hat. Und das war meine größte Dummheit. Ich habe mit ihr ein Techtelmechtel angefangen in der Hoffnung, sie auf diese Weise kirre zu kriegen. Eines Nachts ist ihr meine Brieftasche in die Hände gefallen mit den Aktbildern, die von ihr während der ärztlichen Untersuchung gemacht worden sind. Und so naiv war sie nun auch wieder nicht, um nicht zu begreifen, was ihr bevorstand. Erst wollte sie mich und sich erschießen, dann wollte sie bei der Polizei Anzeige erstatten. Was sollte ich tun, um das Schlimmste zu verhüten? Ich hab sie geheiratet. Damit war die größte Gefahr erst mal gebannt.«

Die »Baronin« sieht ihn zweifelnd an. »Geheiratet? Geheiratet haben Sie das Mädchen, aber Sie sind doch verheiratet, Doktor! Jedenfalls haben Sie mir das mal erzählt.«

Der Doktor nickt geistesabwesend. »Eben, das war ja das Gefährliche an der Situation, doch ..., ich bring das schon in Ordnung. Jedenfalls brauche ich dringend Ersatz für die Kleine, aber etwas Verläßliches, nicht wieder einen solchen Unschuldsengel. Die Neue muß mit den Papieren der Alten reisen.«

Die »Baronin« zieht die Augenbrauchen hoch. »Warum denn das?«

»Warum, mein Gott, weil alle Papiere auf diese Maria Werner ausgestellt sind. Polizeiliche Abmeldung, Einreisevisum, Paß, Führungszeugnis. Alles lautet auf ihren Namen. Wenn sie jetzt in Brüssel nicht ankommt, könnte man sonst was folgern. Begreifen Sie das nicht?«

Nein, die »Baronin« begreift das nicht, aber sie ahnt, daß es jetzt unklug wäre, weiterzufragen. Wortlos geht sie an einen kleinen Wandschrank und entnimmt ihm einen Stoß Fotografien von mehr oder weniger nackten Mädchen. »Hier, suchen Sie sich was Passendes aus.« Sie reicht dem Doktor die Bilder.

Er blättert uninteressiert in ihnen herum und sagt schließlich: »Ist doch ganz egal, welche, Sie wissen, worauf es mir ankommt. Hauptsache ist, sie kann spätestens am Achtundzwanzigsten nach Hannover fliegen. Am Siebenundzwanzigsten muß ich mit Brüssel telefonieren und melden, wann die Truppe eintrifft. Bis dahin muß alles klar sein. Kann ich mich auf Sie verlassen?«

Der Doktor kann sich unbesorgt auf die »Baronin« verlassen. Keine Minute braucht er zu befürchten, daß der notwendige Ersatz nicht pünktlich in Hannover sein könnte. Zu gut organisiert ist die Stellenvermittlung der »Baronin« Barnowski, als daß hier noch Pannen eintreten könnten. Zum ersten Male seit Tagen findet er wieder zu seiner alten Selbstsicherheit zurück.

Dennoch, als er am Nachmittag des 27. Dezember kurz vor Passieren der Sektorengrenze am Brandenburger Tor von dem Westberliner Zollbeamten darauf hingewiesen wird, daß er jetzt in den Ostsektor fahre, und gefragt wird, ob er auch keine Handelsware bei sich habe, zögert er einen Augenblick.

Muß ich denn überhaupt 'rüberfahren, um mit Brüssel zu telefonieren? Ich könnte doch von irgendeinem Postamt in Westberlin anrufen, überlegt er und verwirft den Gedanken sofort. Auslandsgespräche werden noch immer von den westalliierten Besatzungsmächten überwacht. Erst kürzlich brachte eine große Illustrierte darüber einen Tatsachenbericht. Jedes unbedachte Wort, das mitgehört wird, könnte das ganze Unternehmen auffliegen lassen. Das darf er auf keinen Fall riskieren. Natürlich können sie im Ostsektor die Gespräche auch abhören, aber mit dem Gehörten werden sie nichts anzufangen wissen. Außerdem kostet ein Gespräch von Ostberlin nach Brüssel ein Viertel dessen, was in Westberlin zu zahlen wäre, bei einem Wechselkurs von eins zu vier.

Freundlich lächelnd nickt er dem Zollbeamten zu. »Schönen Dank, Herr Wachtmeister, ich muß drüben nur mal telefonieren. Ich bin gleich wieder zurück.« Dann dreht er das Fenster hoch und fährt an.

Oben im vierten Stockwerk des Präsidium der Volkspolizei sitzt Kommissar Schulz wie der Jäger auf dem Anstand hinter dem Schreibtisch seines Arbeitszimmers und fixiert unausgesetzt das schwarze Bakelitgehäuse des Telefons. Seit zwei Stunden wartet er auf den einen Anruf. Aber das kleine schwarze Ding, das sonst den ganzen Tag nicht still ist, schweigt beharrlich.

»Rufen Sie doch mal die Zentrale an, ob mein Apparat gestört ist«, wendet er sich zum drittenmal an die Sekretärin Elsbeth.

»Aber Sie haben doch eben erst mit der Staatsanwaltschaft telefoniert, da war er doch noch in Ordnung. Wie sollte denn ...«

Das schrille Klirren der Telefonglocke unterbricht Elsbeth. Schulz hat kaum den Hörer am Ohr, da flüstert er ihr auch schon zu: »Fernamt. Becker soll sich sofort fertigmachen und Otto vorfahren lassen.« Dann fragt er in die Muschel zurück: »Wie, welches Postamt? Warum? Ach nein! Zur Sache. Wann ist das Gespräch angemeldet worden? Vor drei Minuten? Donnerwetter. Ich werd' beim Postministerium anrufen, daß Sie zum Schnellamt versetzt werden. Warum? Ich erklär' es Ihnen morgen, keine Zeit mehr. Tschüs.«

Mantel, Schal und Hut hält Elsbeth bereit, die Pistole hat er bei sich. An der Tür macht er nochmal kehrt und sagt zu Elsbeth: »Drück uns die Daumen, Mädchen. Das ist vielleicht die einzige Chance, den Burschen zu erwischen.«

Dann fällt die Tür hinter ihm ins Schloß.

Im Schalterraum des Postamtes herrscht zu dieser Nachmittagsstunde lebhafter Kundenverkehr. Schulz und Becker haben sich getrennt und sich wie harmlose Postamtsbesucher in der Nähe der beiden Zellen für Ferngespräche unter die wartenden Menschen gemischt.

Zwanzig Minuten lang wird ihre Ausdauer auf eine harte Probe gestellt. Dann endlich ruft von einem der hinteren Schalter eine Frauenstimme: »Das Gespräch nach Brüssel, Zelle eins, bitte.«

Gelassen erhebt sich Doktor Marquardt von einem der Drehschemel, die vor den Schreibpulten stehen, und geht mit ruhigen Schritten zu der Sprechzelle. Als er zur Klinke greifen will, tritt ihm Schulz in den Weg.

»Herr Doktor Marquardt?« spricht er ihn an.

»Ja, bitte«, sagt Marquardt noch in Gedanken, erkennt dann aber wohl die Situation und fragt nervös: »Wieso, was wünschen Sie von mir? Wer sind Sie überhaupt?«

»Kriminalpolizei.« Der Kommissar zeigt kurz die bronzene Metallmarke mit den Insignien der Volkspolizei und versucht, Marquardt in Richtung Ausgang zu drängen. Der erkennt sofort seine einzige noch verbliebene Chance. Er muß im Getümmel des Menschenverkehrs untertauchen und will irgendeinen der Ausgänge erreichen.

Blitzschnell macht er kehrt und – rennt Becker an, der rechtzeitig hinter ihn getreten ist. »Nur ein paar Auskünfte, Herr Doktor«, sagt der Unterkommissar freundlich und legt ihm dabei mit geübtem Griff die Knebelkette um das rechte Handgelenk.

Der helle Schein der Schreibtischlampe reicht Schulz und Becker bis zum mittleren Jackettknopf und läßt ihre Gesichter im grünlichen Dunkel des Zimmers verschwimmen. Marquardt sitzt zusammengesunken vor ihnen. Seit zwei Stunden prasseln die Fragen auf ihn ein, anfangs höflich, freundlich, mit der Zeit aber immer schärfer, ohne ihn jedoch zu einem Geständnis bewegen zu können. Das Telefon, das jetzt die Vernehmung unterbricht, verschafft Marquardt eine kurze Verschnaufpause.

Becker nimmt den Hörer, meldet sich und lauscht ein paar Sekunden den Worten des Anrufers. »Ist gut, Brugsch«, sagt er ruhig und legt den Hörer wieder auf. Dann erst nickt er Schulz zu, ohne ein Wort zu sagen. Unruhig sieht Marquardt von einem zum anderen. Seine Augen fragen: Galt der Anruf mir? Aber er schweigt ebenfalls.

Unerwartet freundlich setzt Kommissar Schulz dann die Vernehmung fort: »Also, fassen wir zusammen, Herr Doktor Marquardt. Sie haben nie eine Maria Werner geheiratet. Sie sind hingegen seit drei Jahren im Hamburg mit einer Christina Marquardt, geborene Böller, verheiratet. Sie kennen auch keine Studentin Maria Werner, und sie bestreiten, diese Maria Werner in Ihrem Auto auf der Fahrt nach Berlin betäubt und in wehrlosem Zustand auf die Gleise der Strecke Eilsleben – Haldensleben gelegt zu haben, um sich ihrer als Zeugin für andere, von Ihnen verübte Verbrechen zu entledigen.«

»Ja, das bestreite ich auf das entschiedenste«, fällt Marquardt sofort erregt ein. »Ich verlange, daß Sie diese gesetzlose, ohne jeden Beweis für Ihre aufgestellten Behauptungen durchgeführte Festnahme sofort rückgängig machen.«

»Moment«, unterbricht ihn Schulz. Er geht zur Zimmertür, öffnet diese und knipst dann die grelle Deckenbeleuchtung an.

Blitzartig schnellt Marquardt hoch.

Seine Lippen formen: Maria, du?, ohne es jedoch auszusprechen. Dann läßt er sich wieder auf seinen Stuhl zurückfallen.

Im Türrahmen steht ein junges, im grellen Licht der Deckenbeleuchtung müde und abgespannt aussehendes, aber zweifellos sehr hübsches Mädchen.

Schulz wendet sich nur kurz an Sie: »Fräulein Werner, im Moment ja wohl noch Frau Marquardt, ist er das?«

Ohne aufzusehen, läßt Marquardt das »Ja« über sich ergehen. Erst als sich die Tür geschlossen hat und Schulz ihm wieder gegenübersitzt, hebt er den Kopf ein wenig, als wollte er fragen: Und was nun?

»Pech, wenn man sich auf die Fahrpläne der Reichsbahn nicht verlassen kann«, setzt Schulz lächelnd die Vernehmung fort und nimmt ein Kursbuch zur Hand. Ein Weilchen blättert er darin herum, schlägt eine der hinteren Seiten auf und hält sie Marquardt hin. »Zwanzig Uhr neununddreißig, diesen Zug hatten Sie sich doch wohl ausgesucht! War der einzige, der an diesem Tage noch auf der Strecke verkehrte. Die Leiche wäre also frühestens am anderen Morgen entdeckt worden. Tja, wäre, Herr Doktor Marquardt, wenn der Zug nicht wegen Maschinenschadens Verspätung gehabt hätte. Eine Ersatzlok mußte angefordert werden. Was Sie dann wohl für den Personenzug gehalten haben, war diese Ersatzlok, die auf dem Nebengleis kam. Und nun ein Glücksfall: Der Lokführer beobachtete wegen des dichten Schneetreibens genau die

Strecke und entdeckte dabei das Mädchen auf den Schienen ...«

Hier macht der Kommissar eine Pause und erwartet eine Reaktion des Beschuldigten. Doch Marquardt brütet weiter stumpfsinnig vor sich hin. Erst als Schulz weitersprechen will, fährt er hoch: »Hören Sie endlich auf, lassen Sie mich doch in Ruhe, wenn Sie schon alles wissen.«

»Alles ist übertrieben, Marquardt, aber die Mädchengeschichten können wir uns ja für die nächste Vernehmung aufheben.«

Er nickt der Sekretärin Elsbeth zu und beginnt dann, das Vernehmungsprotokoll in die Maschine zu diktieren.

»... spurlos verschwunden«

Blechern plärrt der Lautsprecher durch die nächtliche Halle des Bahnhofs Friedrichstraße: »Letzter Zug in Richtung Westen – Türen schließen – Vorsicht am Zuge – Zurückbleiben!« Mit einem kurzen Knacken wird die Stimme abgewürgt. Kreischend setzt sich der S-Bahnzug in Bewegung und poltert Sekunden später über die weitgeschwungene Spreebrücke. Scheppernd verliert sich das Fahrgeräusch in der Nacht.

Hundert Meter entfernt, wo sich die Spree dumpf glucksend in dem großen Kanalbogen am Reichstagsgebäude vorbeiwälzt, sind die Geräusche nur wie ein unklares, dumpfes Echo zu hören. Hier, in dem kilometerweiten Trümmerfeld zwischen Friedrichstadt und Tiergarten, dessen trostlose Einöde sogar die Grenze zwischen den beiden Teilen der Stadt verwischt, ist zu dieser späten Nachtstunde jedes Leben erstorben.

Aus dem Schatten einer Hausruine tritt ein Mann. Er zerrt einen prall gefüllten riesigen Seesack hinter sich her, den er sich nun ächzend auf den Rücken lädt. Keuchend und von der Last vornübergebeugt, überquert er die östliche Uferstraße, läuft, so schnell es seine Beine nur zulassen, zum Geländer hinüber. Jedes Geräusch sorgsam vermeidend, setzt er den Sack dort wieder ab.

Doch die ängstliche Vorsicht, die der Mann walten läßt, ist völlig überflüssig. Die Grenzposten der Volkspolizei und der Westpolizei sind viel zu weit entfernt, um ihn zu bemerken, und eine andere Menschenseele, die ihn beobachten könnte, hält sich in dieser Februarnacht in der gottverlassenen Gegend nicht auf.

Unbehelligt kann also der Mann seine schwere Last die Steintreppe hinunterschleifen und ächzend in den dort verankerten Rettungskahn stellen. Begleitet von nur mühsam unterdrückten Flüchen, löst er dann die eiskalte, klirrende Kette, springt in den Kahn und greift zu den Ruderpetschen. Drei-, viermal zieht er die Ruder durchs Wasser, dann hat er das jenseitige, schon zu Westberlin gehörende Ufer erreicht. Am Fuße der Steintreppe erwartet ihn eine tiefvermummte Frau, die sofort nach dem Seesack greift. Wortlos tragen ihn beide die Kanaltreppe hoch, binden ihn oben auf eine bereitstehende zweirädrige Karre und verschwinden mit ihrer geheimnisvollen Last im Trümmergelände, Richtung Großer Tiergarten. Als dann noch der herrenlose Rettungskahn lautlos von der Strömung davongetragen wird, ist Minuten später alles wie ein unwirklicher Spuk in ein Nichts aufgelöst.

Tags darauf, in den frühen Nachmittagsstunden, klingelt auf dem 21. Westberliner Polizeirevier das Telefon. Eine nervöse Frauenstimme meldet: »Bitte, Herr Wachtmeister, ich habe eben die Vermißtenmeldung in der Mittagszeitung gelesen. Dazu möchte ich Ihnen eine Anzeige machen. Gestern nacht, das heißt mehr gegen Morgen, bin ich mit meinem

Verlobten durch die Tiergartenstraße gekommen. Wir sind dann noch in die Hausruine Nummer 26 gegangen und haben ... Ich will sagen, als mein Verlobter sich nachher eine Zigarette ansteckte, da sahen wir im Schein des Feuerzeugs einen Mann in der Ecke liegen. Ich glaube, er war tot. Deshalb haben wir uns auch so erschreckt und sind einfach davongelaufen.«

»... davongelaufen«, notiert sich noch schnell der Wachtmeister und sagt dann: »Aber nun nennen Sie mir doch erst mal Ihren Namen, damit ich weiß ...« Weiter kommt er nicht. Es klickt unmißverständlich in der Leitung, die Verbindung ist abgebrochen worden. Verärgert schüttelt der Wachtmeister den Kopf. Er weiß nicht, was er von der Sache halten soll, und glaubt schon an einen derben Scherz, da fällt ihm die Vermißtenanzeige ein, die tags zuvor über Fernschreiber reingekommen ist.

»... zeigt der siebenunddreißigjährige politische Flüchtling Peter Kosswig an, daß sein sechsunddreißigjähriger Bruder Paul Kosswig, ebenfalls politischer Flüchtling, seit drei Tagen spurlos verschwunden ist. Der Vermißte, der sich durch Schrottsammeln in Hausruinen Geld verdiente und möglicherweise dabei verunglückt ist, ist 1,64 Meter groß, von schmächtiger Gestalt und hat dichtes, blondes Haar ...«

Der Wachtmeister überfliegt noch einmal das Fernschreiben und glaubt nun doch, daß der anonyme Anruf kein Scherz war. Deshalb ruft er schleunigst die Inspektion Tiergarten an: »Schickt doch mal schnell einen Funkwagen nach der Tiergartenstraße Nr. 26. Da soll ein Toter in der Ruine liegen.«

Als eine knappe viertel Stunde später der Funkwagen Berta 9 eintrifft, finden sie nur einen Trümmerhaufen vor. Die Hausruine ist in den frühen Morgenstunden des Tages von der Abrißfirma »Lucke &

Wegner« gesprengt worden, um Platz für den projektierten Neubau einer ausländischen Botschaft zu schaffen. Bedauernd sagt der Sprengmeister der Firma zu dem Wachtmeister des Funkwagens: »'n Toter soll da drin gelegen haben? Hat niemand bemerkt. Aber wir könn' ja nicht jede Ruine, die wir sprengen, noch vorher auf Leichen durchsuchen, bei einer Mark zwanzig Stundenlohn. Müssen Se schon wiederkommen, wenn der Klamottenberg weggeräumt is!«

»Wie lange kann das dauern?« fragt der Wachtmeister nur noch mit halbem Interesse.

Der Sprengmeister zieht die Schultern hoch. »'n paar Wochen, paar Monate, vielleicht auch 'n paar Jahre, wie die da oben Geld haben! Was weiß ich.«

Mit einer flüchtigen Handbewegung an den Tschako bedankt sich der Wachtmeister und geht zum Funkwagen zurück. Pflichtgemäß macht er über Sprechfunk Meldung an die Inspektion, pflichtgemäß meldet die Inspektion das Ergebnis dem Revierwachtmeister, und pflichtgemäß schreibt der Revierwachtmeister auf die Aktennotiz über den anonymen Telefonanruf. »Dem Hinweis wurde nachgegangen, Erhebungen konnten aber nicht angestellt werden, weil die bezeichnete Hausruine wenige Stunden vorher gesprengt worden war. Mit einem Abräumen der Trümmerstätte ist vorerst nicht zu rechnen, deshalb werden die Ermittlungen vorläufig eingestellt.«

Mehr kann er beim besten Willen nicht tun. Der Polizei stehen keine Mittel zur Verfügung, die Ruine abräumen zu lassen.

Fast vier Monate vergehen, bis der Trümmerberg abgefahren ist und ein Arbeiter der Enttrümmerungskolonne tatsächlich auf eine männliche Leiche stößt.

Die Identifizierung des Toten bereitet der alarmierten Kriminalpolizei trotz des fortgeschrittenen Verwesungszustandes keine nennenswerten Schwierigkeiten. Es ist der vermißt gemeldete Paul Kosswig, wie der in seiner Jackettasche steckende Flüchtligsausweis beweist und der schnell herbeizitierte Bruder Peter Kosswig bestätigt. Anhaltspunkte, die auf ein Verbrechen schließen lassen, sind nicht vorhanden. Ein neben der Leiche gefundener Rucksack voller Buntmetall und die nachgeprüften Angaben des Bruders überzeugen den Kriminalsekretär des Reviers, daß der Tote beim Schrottsammeln verunglückt ist. Insgeheim denkt er sich wohl auch: Wer sollte schon ein Interesse daran haben, solch einen armseligen Ostflüchtling umzubringen. Deshalb gibt er den Fall nicht an die Mordkommission weiter und verzichtet auf eine kostspielige Obduktion der Leiche, weil nach der langen Liegezeit keine verwertbaren Ergebnisse mehr zu erwarten sind. Er gibt sie ohne weitere Umstände zur Beerdigung frei und stellt die Sterbeurkunde auf »tödlichen Unfall durch eigenes Verschulden« aus. Auf die Akte aber schreibt der Kriminalsekretär: »Erledigt!«

Drei Monate später erst rollt ein merkwürdiger und zunächst zusammenhangloser Zufall den Fall Paul Kosswig erneut auf. Bei dem Versuch, in einem HO-Radiogeschäft einen teuren Radio-Super auf Kredit zu kaufen, weckt ein kaum zwanzigjähriger junger Mann beim Verkäufer den Verdacht, ein Betrüger zu sein. Ehe jedoch der Verkaufsstellenleiter die Volkspolizei alarmieren kann, verschwindet der Bursche aus dem Geschäft, läßt dabei aber seinen Personalausweis und die beanstandete Lohnbescheinigung im Stich, die der Verkäufer zur Ausfertigung des Kreditvertrages bereits an sich genommen hat.

Kommissar Schulz liest stirnrunzelnd die Meldung über die Vorgänge in dem HO-Radiogeschäft, betrachtet sorgfältig Seite für Seite des mitgeschickten Personalausweises und brummt schließlich vor sich hin: »Da wett ich einen alten Hut drauf, daß das Ding gefälscht ist.« Dann reicht er den Ausweis der Sekretärin. »Bringen sie ihn ins Kriminaltechnische Institut, Elsbeth, er soll auf Fälschungsmerkmale untersucht werden. Außerdem ...«

Das Telefon unterbricht ihn. Unterkommissar Brugsch ist am Apparat. »Die Lohnbescheinigung ist fingiert«, meldet er. »Es gibt zwar drei Klempnermeister Lemke im Demokratischen Sektor, aber keiner von ihnen hat die Lohnbescheinigung ausgestellt.«

»Hab ich auch nicht anders erwartet«, quittiert Schulz den Ermittlungsbericht, überlegt einen Augenblick und sagt dann: »Das ist doch wohl schon der zehnte oder zwölfte derartige Fall in den letzten Wochen, nicht wahr, Brugsch? Scheint eine ganz neue Masche zu sein, Kreditbetrügereien mit gefälschten Ausweisen und selbstgebastelten Lohnbescheinigungen. Ein ruhiges, einträgliches Geschäftchen. Für ein Butterbrot von Anzahlung kaufen die Spitzbuben die teuersten Apparate auf, und ehe die HO überhaupt merkt, daß sie übers Ohr gehauen worden ist, haben sie ihre Beute schon als Gelegenheitsverkäufe verscheuert. Ich glaube, es ist an der Zeit, daß wir uns mit diesen Betrügereien eingehender befassen. Diesmal haben wir ja auch einen Ansatzpunkt.«

Die Hoffnungen des Kommissars werden zunächst auch nicht enttäuscht. Der Untersuchungsbericht des Kriminaltechnischen Instituts liefert die ersten Hinweise für die Fahndung. Er lautet:

»Der zur Untersuchung eingereichte Ausweis Nr. IX 0128421 ist verfälscht. Sämtliche Tintenschriftzüge wurden chemisch entfernt und neu überschrieben. Nach Behandlung mit Schwefelwasserstoffdämpfen konnte festgestellt werden, daß der Ausweis ursprünglich auf den Namen Paul Kosswig, geb. 13.3.1921, wohnhaft in Gotha, ausgestellt war. Das Bild wurde auf die schon wiederholt beschriebene Weise ausgewechselt. Zusammenfassend ist zu sagen: Die Art der Fälschung entspricht vollkommen der Technik der Fälscherbande, die in den Westberliner Flüchtlingslagern Ausweise von Flüchtlingen aufkauft und dann immer auf die gleiche Weise verändert, um sie an Schieber und andere Elemente zu verkaufen.«

Überzeugt davon, daß weitere Hinweise am ehestens über den rechtmäßigen Besitzer des Ausweises zu erhalten sein werden, führt Kommissar Schulz sofort ein Blitzgespräch mit dem Volkspolizeikreisamt Gotha.

Was er in dieser fernmündlichen Unterhaltung erfährt und sofort in einer Aktennotiz festhält, stößt alle seine Hoffnungen und Theorien um.

»Nach Auskunft des Volkspolizeikreisamtes Gotha ist der Besitzer des Ausweises, Paul Kosswig, am 8. Februar an doppelseitiger Lungentuberkulose verstorben und am 14. Februar beigesetzt worden. Bei Erledigung der standesamtlichen Formalitäten stellte sich heraus, daß der Personalausweis des Verstorbenen verschwunden war. Erst als der in Berlin, Schiffbauerdamm 34, wohnende Bruder des Verstorbenen nach G. kam und eine eidesstattliche Versicherung abgab, wurde bekannt, daß sein Bruder den Ausweis schon Wochen vor seinem Tode verloren und das nur wegen seines Krankheitszustandes nicht der VP gemeldet hatte. Der Bruder beantragte zunächst die Ausstellung eines Leichenpasses, um den Verstorbenen nach Berlin überführen und dort beisetzen zu können, nahm dann aber davon Abstand, weil ihm die Überführung zu kostspielig und zu umständlich erschien. K. erhielt dann lediglich Papiere zur Überführung des Möbelnachlasses, der ihm als einzigem Angehörigen des Verstorbenen zustand und auch testamentarisch vermacht war.«

Das ist in großen Zügen alles, was Schulz in Erfahrung bringt. Die vage Hoffnung, von dem Bruder des Verstorbenen zu hören, unter welchen Umständen der Ausweis verlorengegangen ist, läßt ihn zum Schiffbauerdamm fahren. Eine neue Überraschung erwartet ihn dort. Ein siebenunddreißigjähriger Peter Kosswig ist zwar im Haus Schiffbauerdamm Nr. 34 gemeldet, hat sich dort aber nur wenige Tage aufgehalten und ist nach Westberlin geflüchtet, um, wie die Portierfrau des Hauses nach langem Zureden unter dem Siegel der Verschwiegenheit versichert, bei seinem Bruder Paul, der drüben eine Baufirma besitzt, Geschäftsführer zu werden.

Noch am selben Tage reist Schulz nach Gotha und stellt an Ort und Stelle Nachforschungen an. Doch wen er auch befragt, Arzt, Hausbewohner oder Bekannte des Verstorbenen, niemand vermag einen Hinweis zu geben oder zu erklären, weshalb der Bruder nach Westberlin geflüchtet, aber dennoch zur Beerdigung gekommen ist.

Um zu erfahren, ob das Grab des Verstorbenen gepflegt wird, ob womöglich der Bruder des Verstorbenen nach Gotha kommt, sucht Schulz schließlich den am Stadtrand gelegenen Friedhof auf, auf dem der verstorbene Paul Kosswig beerdigt worden ist.

Als Schulz den Friedhofswärter um die entsprechenden Auskünfte bittet, erzählt der alte Mann ein höchst seltsames Geschehnis. »Wissens, Herr Kommissar, der Tote muß wohl nicht viel Freunde im Leben gehabt haben. Kaum, daß wir ihn unter der Erde hatten, zerstörte in der ersten Nacht solch ein gottloser Mensch, der ihm wohl den ewigen Frieden nicht gönnte, seinen eben erst aufgeworfenen Grabhügel. Und nun sind Sie der erste Mensch, der sein Grab besucht.«

Die Erzählung von der mutwilligen nächtlichen Zerstörung des Grabhügels geht Schulz nicht mehr aus dem Kopf. Wenn nun an der ganzen Geschichte mehr dran ist, als am Anfang überhaupt zu vermuten war, sinniert er, ohne indessen eine Vorstellung zu haben, daß sich hinter einer Grabschändung etwas anderes als ein pietätloser Racheakt verstecken könnte.

Ohne eine Antwort darauf gefunden zu haben, verläßt er wieder den Friedhof. Schulz sucht noch den Fuhrunternehmer auf, der dem nach Berlin verzogenen Bruder des Verstorbenen die geerbten Möbel transportiert hat, in der Hoffnung, von ihm etwas über den Verbleib des Peter Kosswig zu erfahren.

»Nicht nur die Möbel habe ich transportiert, Herr Kommissar«, sagt der Spediteur eifrig, »Kosswig ist ja auch selbst mitgefahren. Aus der Wohnung hab ich den Bücherschrank und die Sesselgarnitur abgeholt, und er selbst ist an der Chaussee, die zur Autobahn führt, mit seinem Seesack zugestiegen, als ich früh um fünf nach Berlin startete.«

Erstaunt fragt Schulz: »Mit was für einem Seesack denn?«

»Na, mit so'n mannsgroßen Seesack, wie ihn die Mariner immer im Krieg hatten, wenn sie auf Urlaub kamen. Kenn' Se sowas nich?«

Schulz nickt, ist mit seinen Gedanken aber ganz woanders. »Sagen Sie«, fragt er, »führt die Chaussee am Friedhof vorbei?«

»Ja, er liegt unmittelbar an der Straße«, sagt der Spediteur und wundert sich sehr, daß ihn der Kriminale dabei so gespannt ansieht.

»Wo haben Sie denn Kosswig mit dem Seesack und den Sachen hingefahren?« fragt Schulz dann ungeduldig.

»Die Möbel zu einem Tischler, am Alex. Dort sollten sie wohl erst aufgearbeitet werden, sagte mir Kosswig. Ihn selbst und den Seesack hab ich dann zum Schiffbauerdamm gefahren, wo Kosswig wohnte ...«

»Und haben Sie mal gefragt, was er in dem Seesack drin hatte und warum er erst an der Chaussee eingestiegen ist?«

»Nee, warum? Ich bin doch kein Kriminaler. Außerdem waren die Frachtpapiere in Ordnung. Alles andere ging mich ja nichts an«, entgegnet er.

Der Kommissar beendet mit einem flüchtigen »Danke schön« die Unterhaltung und fährt auf dem schnellsten Wege zur Staatsanwaltschaft, um die Exhumierung der Leiche des verstorbenen Paul Kosswig zu beantragen.

Am anderen Morgen, ehe noch der Friedhof für den Publikumsbesuch geöffnet wird, findet in Anwesenheit eines Vertreters der Staatsanwaltschaft die Graböffnung statt. Was Schulz während der Unterredung mit dem Spediteur wie ein Phantasieprodukt aufgegangen war, findet nun seine Bestätigung: Der ausgebuddelte Sarg ist leer, die Leiche des toten Paul Kosswig verschwunden!

Während der ganzen Rückfahrt nach Berlin bewegt Schulz nur die eine Frage: Warum ist der Bruder des Toten, Peter Kosswig nach Gotha gekommen und hat die Leiche seines nach ärztlichem Befund auf natürliche Weise gestorbenen Bruders auf so geheimnisvolle Weise verschwinden lassen?

Alle Kollegen auf der Dienststelle, mit denen er den Fall erörtert, haben nur eine Antwort: Mord! Peter Kosswig hat seinen Bruder umgebracht und den gutgläubigen Hausarzt in Gotha getäuscht.

Schulz behagt diese Schlußfolgerung nicht, aber er findet keine andere Erklärung. »Peter Kosswig lebt zur Zeit in Westberlin. Wir müssen also auf alle Fälle die Westberliner Mordkommission um Mitfahndung bitten«, entscheidet er schließlich.

Über Fernschreiber wird wenig später der Westberliner Kriminalpolizei in der Friesenstraße mitgeteilt:

»Erbitten Fahndung nach Peter Kosswig (37) aus Gotha – K. lebt vermutlich z.Zt. als Flüchtling in Westberlin – Steht in dringendem Verdacht, seinen am 8. Februar in Gotha verstorbenen Bruder Paul Kosswig (36) ermordet und die Leiche auf noch unbekannte Weise beseitigt zu haben.«

Die Antwort kommt achtundvierzig Stunden später und läßt Schulz fast verzweifeln.

»Peter Kosswig (37) ermittelt und vernommen – Mordverdacht absolut unbegründet – Angeblich in G. am 8. Februar von ihm ermordeter Bruder Paul Kosswig hielt sich seit 1. November des Vorjahres als politischer Flüchtling in Westberlin auf – P.K. ist beim Schrottsammeln in einer Hausruine tödlich verunglückt – Leiche ist auf dem Friedhof der St.-Johannis-Gemeinde Plötzensee beigesetzt – Polizeilicher Ermittlungsbericht schließt Verbrechen aus – Abschrift des Aktenvorganges geht Ihnen zu genauer Information mit der Post zu.«

Schulz versucht nicht erst, diese Antwort der Westberliner Kriminalpolizei zu enträtseln. Die Aufgabe erscheint ihm von vornherein unlösbar. Die Fäden des Falles sind jetzt so verworren, daß es ohne Kenntnis der Akten unmöglich ist, weitere Kombinationen anzustellen.

Gelassen studiert er dann am anderen Morgen die eingetroffenen Protokollabschriften über die Vermißtenanzeige, den anonymen Telefonanruf der Dame aus der Hausruine, die Ruinensprengung und über das Auffinden der Leiche. Zum Leidwesen aller Kollegen liest das Schulz, ohne ein Wort zu sagen, ohne auch nur mit einer Geste zu verraten, ob er schon den Schlüssel zur Lösung des Geheimnisses gefunden hat. Einmal nur unterbricht er sein Schweigen und sagt: »Holen Sie mir von der Pressestelle doch bitte sämtliche Westberliner Zeitungen, die am 13. Februar erschienen sind.« Dabei macht er an den Rand des Protokolls über den anonymen Anruf der Dame aus der Hausruine ein dickes Fragezeichen und kritzelt darunter: »Welches Liebespärchen merkt sich wohl die Nummer der Hausruine?«

Das halbe Dutzend Zeitungen, das ihm die Sekretärin Elsbeth wenig später auf den Schreibtisch legt, studiert er mit einer Gründlichkeit, als wolle er jede Zeile auswendig lernen. Doch er sucht vergeblich nach der Vermißtenmeldung, auf die sich die anonyme Anruferin berufen hatte. Keine Zeitung hatte sie veröffentlicht. Dafür fesselt eine Annonce plötzlich seine Aufmerksamkeit.

»Denke an die Sicherung eines
sorgenfreien Lebens!
Sorge rechtzeitig für die Deinen für den Fall
deines Todes!
Schließe bei uns eine Lebens-
versicherung ab!«

Immer wieder liest Schulz den Werbetext. Da durchzuckt ihn ein Gedanke. Erregt springt er auf, ruft Elsbeth aus dem Nebenzimmer und sagt eilig: »Fernschreiben an die Westkripo.« Auf und ab marschierend entwirft er sofort den Text des Schreibens.

»Erbitten sofortige Nachfrage bei sämtlichen Versicherungsanstalten, ob der verunglückte Paul Kosswig gegen Tod und Unfall versichert gewesen ist. Im gegebenen Falle ist Peter Kosswig wegen Verdachts des Versicherungsbetruges in Haft zu nehmen. Alles Weitere bei üblichem Treffen an der Sektorengrenze.«

Zu den seltsamsten Erscheinungen des gespaltenen Berlins gehört wohl die Tatsache, daß sich die Kriminalpolizisten beider Polizeiapparate, wenn die Aufklärung eines Verbrechens es erforderlich macht, wie Parlamentäre im Niemandsland zwischen den Grenzen treffen müssen.

Auf solch einer ersten Aussprache wird Kommissar Schulz bestätigt, daß der angeblich verunglückte Paul Kosswig bei der »Iduna-Versicherung GmbH« sein Leben mit zwanzigtausend Westmark versichert hatte, die im Falle seines Todes an seinen Bruder Peter gezahlt werden sollten und inzwischen auch ausgezahlt worden sind.

Bei der zweiten Zusammenkunft wird ihm eine Abschrift des schriftlichen Geständnisses des festgenommenen Peter Kosswig überreicht:

»... mein Bruder Paul war, weil er seine Tuberkulose jahrelang verschleppt hatte, schon im Herbst vergangenen Jahres ein vom Tode gezeichneter Mann. Drei, höchstens vier Monate hatte ihm der Arzt noch gegeben. Zu dieser Zeit hatte ich anläßlich eines Besuches in Westberlin Fräulein Edith May, meine heutige Frau, kennengelernt. Obgleich wir uns liebten, war auf Grund der Verhältnisse an eine Heirat nicht zu denken. Einmal erzählte mir Fräulein May in dieser Zeit von ihrer Tätigkeit als Sekretärin in der Abrißfirma ›Lucke & Wegner‹ und erwähnte dabei, daß sie schon immer auf Wochen im voraus wüßte, wann und wo in Westberlin Ruinen von ihrer Firma gesprengt würden. Hier entstand die erste Idee zu meinem späteren Vorhaben. Systematisch traf ich von da an alle Vorbereitungen. Ich verzog nach dem Schiffbauerdamm und verschleierte so meine tatsächliche Flucht nach Westberlin, um jederzeit unbehelligt zurückkehren zu können, wie es das Gelingen meines Planes erforderte. Den Ausweis meines kranken Bruders hatte ich heimlich an mich genommen. Damit ausgerüstet, war ich in der Lage, mich in Westberlin als mein Bruder Paul und ein zweites Mal als Peter Kosswig anzumelden, wobei mir die Ähnlichkeit mit meinem Bruder sehr zu Hilfe kam. Unsere Paßbilder unterschieden sich überhaupt nicht voneinander. Mit den notwendigen Papieren ausgestattet, schloß ich dann als mein Bruder Paul die schon erwähnte Lebensversicherung zu meinen eigenen Gunsten ab. Die unumgängliche ärztliche Untersuchung brauchte ich nicht zu fürchten, denn ich war ja kerngesund. Die fälligen Versicherungsprämien zahlte Fräulein May von ihrem Gehalt. Als mein Bruder starb, fuhr ich sofort nach Gotha. Seine Leiche mußte auf alle Fälle nach Westberlin gebracht werden, wenn ich die Versicherungssumme haben wollte. Zunächst bemühte ich mich um eine legale Überführung der Leiche, erkannte aber bald, daß die Vorschriften für einen Leichentransport derart streng und umständlich waren und mein Vorhaben daran gescheitert wäre. Ich faßte darauf den Plan, die Leiche nach der Beerdigung auszubuddeln, was mir auch in der ersten Nacht nach der Beisetzung auf dem abgelegenen Friedhof ohne Schwierigkeiten gelang. Ich verstaute sie in dem alten Seesack meines Bruders, den er noch aus seiner Militärzeit besaß, und ließ sie, nach außen mit einigen Büchern getarnt, durch den Möbelspediteur nach Berlin zum Schiffbauerdamm schaffen. Mit einem Rettungskahn, von dessen Existenz ich mich vorher überzeugt hatte, schaffte ich sie in der Nähe der Reichstagsruine zum Westufer der Spree und dann, mit Unterstützung von Fräulein May, in die Ruine in der Tiergartenstraße, von der ich ja wußte, daß sie am nächsten Tag gesprengt werden sollte. Die Benachrichtigung der Polizei erledigte Fräulein May, um sie auf den späteren Leichenfund vorzubereiten. Dies hielt ich für notwendig, und es half mir, zu der polizeilichen Bestätigung des Unfalls zu kommen, gegen die die Versicherung dann auch keinen Einspruch wagte. So gelang mein Plan, wie ich es mir ausgerechnet hatte. Auf Befragen gebe ich weiter zu, daß ich auch den kleinen Rucksack mit Schrott neben die Leiche gelegt habe, damit wollte ich den Unfall glaubhaft machen. Den Ausweis meines Bruders habe ich später im Flüchtlingslager Marienfelde für fünfzehn Westmark an einen Unbekannten verkauft. Aus meinem eigenen vorübergehenden Aufenthalt im Lager wußte ich, daß mit Ausweisen dort ein schwunghafter Handel getrieben wurde. Weitere Angaben kann ich nicht machen. Ich bereue meine Tat und bitte um eine milde Beurteilung.«

Nachdem Schulz das Geständnis gelesen hat, verabschiedet er sich von dem Kriminalkommissar der Westpolizei. Erst als er wieder in seinem Dienstwagen sitzt und zum Präsidium zurückfährt, knurrt er enttäuscht seinen Fahrer Otto an: »Aber dieser Spitzbube, der die ganze Sache mit seinem Kreditschwindel ins Rollen gebracht hat, ist uns nun doch durch die Lappen gegangen. Verdammte ...« Doch das letzte Wort kann Otto beim Aufheulen des Motors nicht mehr verstehen.

Der Mörder war auf UKW zu hören

Kommissar Schulz hatte an nichts Böses gedacht, als plötzlich das Telefon klingelte. Als er nach kurzem Schweigen antwortet: »Ist gut, schicken Sie mir den Wagen her«, da ahnt seine Frau schon, daß sie mit der Weihnachtsgans diesmal allein dasitzen wird. Auch seine Bemerkung: »Ist nur ein Selbstmord, Lisa, ich bin gleich wieder da«, kann sie nicht davon abbringen.

Dabei sieht es wirklich aus, als handele es sich nur um die übliche Formalität. Der Wachtmeister des zuständigen VP-Reviers, der Schulz an der Tür des kleinen Einfamilienhäuschens erwartet, sagt: »Zweifellos Selbstmord, Genosse Kommissar. Aus Liebeskummer, scheint's. Weihnachten ohne ihn, ist ihr wohl aufs Gemüt gegangen.«

Der Arzt, der schon seine Instrumente einpackt, ergänzt: »Leuchtgasvergiftung. Der Tod ist schon vor zwölf Stunden eingetreten.«

Die Wirtin jammert: »Ist das nicht schrecklich, Herr Kommissar? So'n junges Ding, noch nicht mal zweiundzwanzig, und alles wegen die Kerls.«

Die letzten Zusammenhänge endlich verrät ein

zweieinhalb Seiten langer, mit Schreibmaschine geschriebener Abschiedsbrief, der auf dem Küchentisch liegt. Weil ein Abenteuer mit einem verheirateten Mann nicht ohne Folgen geblieben war und weil der Mann, den sie wirklich liebte, ihr diesen Fehltritt nicht verzeihen wollte, hatte sie ihrem Leben ein Ende gesetzt. Der mit Selbstvorwürfen überladene Brief endete mit dem Satz: »Es war wohl zuviel, was ich von Dir verlangte. Ich gebe Dich frei. Ohne Groll, ohne Haß, denn jedes Gefühl in mir ist tot.«

Motiv, Todesursache, Tatumstände – alles fügt sich logisch ineinander, und dennoch zögert Schulz, dem Arzt zu sagen: »Füllen Sie den Totenschein aus.« Er kann nicht glauben, daß sich ein junges Mädchen, das aus Liebeskummer Selbstmord begehen will, in der letzten Stunde ihres Lebens an die Schreibmaschine setzt und all ihren Jammer, fein säuberlich wie ein Sitzungsprotokoll, zu Papier bringt. Doch die Wirtin zerstreut auch diese Bedenken. Sie sei doch Sekretärin in einem medizinischen Verlag gewesen. Außerdem habe sie sich noch Geld damit verdient, für Studenten Examensarbeiten abzuschreiben.

Das ist also auch geklärt. Der Ordnung halber hält Schulz der alten Dame den Brief hin. »Stimmt die Unterschrift? Ist das ihre Handschrift?«

Ein Blick in den Personalausweis der Toten, den der Arzt ihm reicht, bestätigt die Echtheit des Namenszuges. Und doch stutzt Schulz, als er noch einmal die Unterschrift und dabei auch den letzten Satz des Textes überfliegt. Das kleine »r« fällt aus dem Rahmen des Schriftbildes. Es steht höher als die anderen Buchstaben, aber nur in diesem einen Satz, der allein auf dem zweiten Schreibmaschinenbogen steht. Auf dem ersten Bogen, dessen Vorder- und Rückseite beschrieben ist, steht es in gleicher Höhe mit den anderen Schriftzeichen.

Das nie ganz zu unterdrückende Mißtrauen des Kriminalisten ist jetzt hellwach. »Wo ist die Schreibmaschine? Kann ich sie sehen?«

»Nebenan im Schreibschrank steht sie«, antwortet die Witwe zögernd und geht voran ins Nebenzimmer.

Schulz spannt ein Stück Papier in die Maschine und tippt wahllos »ärger, leber, berger«. Das »r« steht normal. Unbefriedigt zieht er den Bogen wieder heraus, überlegt einen Moment, hantiert dann an der Maschine herum, bis er das Gehäuse abheben kann, das ihm den Blick auf die Typen verwehrt. Sofort sieht er: Das Stückchen Metall mit dem kleinen und großen »r« sieht heller aus als die übrigen verfärbten Typen.

»Ist die Maschine in der letzten Zeit repariert worden?«

Ratlos sieht die Witwe den Kommissar an. »Ja, wieso denn? Warten Sie mal«, stottert sie und kramt dann in einem Fach des Schreibpultes herum. »Hier ist die Rechnung.«

»Schreibmaschinen- und Büromaschinen-Reparaturwerkstatt Böse« liest Schulz und überfliegt schnell die diversen Positionen der Rechnung, die das Datum 28. November trägt: Ölen, Reinigen, Feder spannen, Auswechseln der defekten Type »r«.

Die Wirtin kann nicht mehr länger an sich halten. »Was ist denn nur, Herr Kommissar? Was hat denn das alles zu bedeuten?«

Schulz hört ihr kaum zu. Am 28. November war die defekte Type repariert worden. Dann muß also das zweite Blatt des Abschiedsbriefes vorher geschrieben worden sein, geht es ihm durch den Kopf. Doch er kommt mit seiner Kombination nicht weiter.

Aus der Küche tritt jetzt der Arzt ins Zimmer. »Was ist? Soll ich nun den Totenschein ausschreiben?«

»Augenblick, Doktor. Eine Frage noch. Haben Sie den Leichnam gründlich untersucht?«

»Ich habe die Todesursache festgestellt.«

»Sind Ihnen Spuren von Gewaltanwendung aufgefallen?«

»Wie kommen Sie darauf? Gewaltanwendung? Hier ist doch alles klar. Ich habe in dieser Hinsicht keine Untersuchung angestellt.«

»Dann holen Sie es bitte noch nach, Herr Doktor,«

Verärgert geht der Arzt wieder in die Küche zurück. Der Kommissar folgt ihm. »Bitte, glauben Sie mir, ich habe meine Gründe, wenn ich Sie um diese Untersuchung bitte.«

Der Doktor antwortet nicht. Er nimmt eine Schere aus der Tasche und schneidet das Nachthemd, mit dem die Tote bekleidet ist, auf.

Der Kommissar tritt neben ihn. »Finden Sie nicht, Herr Doktor, daß die Totenflecken auf dem Rücken recht merkwürdig verteilt sind? Nur auf der rechten Seite sind welche. Links überhaupt keine. Wie erklären Sie sich das?

Der Arzt zögert. »Eigentlich nur ... die Frau muß, als der Tod eintrat, auf der rechten Seite gelegen haben. Dann aber, noch ehe die Leichenstarre eintrat, auf die linke Seite gelegt worden sein. Anders ist das nicht zu erklären.«

Für einen Augenblick stockt die Unterhaltung. Dann sagt Schulz: »Auf alle Fälle muß die Leiche obduziert werden. Ich glaube, Doktor, Ihre Arbeit ist hier getan. Ich danke Ihnen für Ihre Mühe.«

Die Wirtin sitzt kreidebleich am Tisch und sieht Schulz mit ängstlichen Augen an, als er sich zu ihr setzt, Fragen stellt und sich Notizen macht. »Wann haben Sie die Tote gefunden?«

»Heute vormittag. Ich hab den Heiligabend bei meiner Tochter verbracht und auch dort geschlafen.«

»Wo fanden Sie sie?«

»In der Küche, am Gasherd lag sie. Sie hatte noch den Schlauch im Mund.«

»Erinnern Sie sich, auf welcher Seite sie lag?«

»Nein, ich weiß es nicht genau. Ich glaube ... Aber warten Sie mal. Wenn man vom Korridor kommt und dann ... ja, jetzt fällt es mir ein, auf der linken Seite lag sie, Herr Kommissar.«

»Glauben Sie, daß sie Besuch hatte?«

»Nein. Sie sagte auch zu mir, als ich Heiligabend die Wohnung verließ, sie würde bei einer Kollegin feiern.«

»Hatte sie sonst oft Besuch? Kamen Herren?«

»Ihr Freund nur. Sonst hätte ich ihr gekündigt.«

»Und der verheiratete Mann, von dem im Brief die Rede ist?«

»Das war ihr Chef. Zwei- oder dreimal war er hier. Vor Monaten. Aber immer nur bis vierundzwanzig Uhr, darauf habe ich geachtet.«

»Sind Sie denn immer so lange aufgeblieben?«

»Das nicht, aber ich hab doch gehört, wenn er mit seinem Wagen wegfuhr.«

»Und ihr Freund, blieb der länger?«

»Wo denken Sie hin, Herr Kommissar. Bei mir gab's keine Ausnahmen.«

»Haben Sie denn bei dem Freund auch immer feststellen können, wann er gegangen ist?«

»Natürlich, der hatte ja auch ein Auto.«

»Wie konnten Sie dann auseinanderhalten, wer nun jeweils da war?«

»Ach, das war ganz einfach, Herr Kommissar. Der Chef hatte ja einen Wartburg und der Freund nur so'n ganz alten Dixi. Das Ding tuckerte so ulkig, daß man es gar nicht verwechseln konnte.«

Unwillkürlich muß Schulz lächeln, aber nun ist er mit seinem Vernehmungslatein am Ende. Unschlüssig geht er im Zimmer auf und ab, betrachtet das Bett der Toten, das aufgeschlagen und zerwühlt ist, und bemerkt auf dem Boden zwei Zigarettenstummel. Er hebt sie auf. »Orient« kann er entziffern.

Da sagt die Wirtin: »Nanu, wer hat die denn da hingeworfen? Meine Untermieterin rauchte doch gar nicht.«

Der Revierwachtmeister kommt ins Zimmer. »Genosse Kommissar, der Doktor sagte mir, die Leiche soll obduziert werden. Soll ich ...«

»Rufen Sie im Präsidium an und sichern Sie dann den Tatort. Ich will mich inzwischen ein bißchen in der Nachbarschaft umhören.«

Es scheint ein aussichtsloses Unterfangen zu sein, in den Häuschen der Siedlung erfahren zu wollen, ob die Tote in der Weihnachtsnacht Besuch hatte. Jeder war so mit seiner eigenen Weihnachtsfeier beschäftigt, daß niemand darauf geachtet hatte, ob jemand das Haus betrat. Der sechsten oder siebenten Familie stört Schulz nun schon mit seinen Fragen die Feiertagsstimmung. Diesmal platzt er sogar in eine verspätete Weihnachtsbescherung 'rein. »Kriminalpolizei. Ich möchte gern ein paar Fragen an Sie richten.«

Verlegen empfängt ihn der Familienvater. »Eigentlich warten wir auf den Weihnachtsmann und nicht auf die Kriminalpolizei. Aber wenn Sie nun schon da sind, dann kommen Sie man 'rein. Was wollen Sie denn wissen?«

Der Mann, der eine Straßenbahneruniform trägt, bugsiert Schulz in die gute Stube, wo die elektrischen Kerzen am Tannenbaum brennen, drei Kinder erwartungsvoll dastehen und nun enttäuscht sind, als da ein Mann ohne Bart und ohne Larve durch die Tür kommt. Der Anblick entlockt Schulz einen Ausruf der Überraschung: »Nanu, am ersten Feiertag noch Bescherung?«

Der Mann gießt vorsichtig ein Schnäpschen ein,

reicht es Schulz und sagt: »Es ist ja auch keine richtige Bescherung mehr. Nur so 'ne gestellte, wissen Sie. Ich habe mir doch zu Weihnachten auf Stottern ein Tonbandgerät gekauft und wollte nun gestern die ganze Bescherung auf Band aufnehmen. So zur Erinnerung, wie unser Jüngster det erste Weihnachtsgedicht aufsagen tut. Aber dabei ist mir 'ne Panne passiert. Anfangs hat alles geklappt. Der Kleene war nicht mal steckengeblieben; aber wie wir nun heute das Band abspielen wollen, da is det halbe Weihnachtsgedicht nur noch een Knattern.«

Und um dem Kommissar die Wahrheit seiner Erzählung zu beweisen, setzt er mit ein paar Griffen sein Tonbandgerät in Betrieb. Glocken klingen durch das Zimmer, Orgelmusik folgt, der Weihnachtsmann kommt polternd herein, dann folgt, von piepsiger Kinderstimme gesprochen, das »Von drauß', vom Walde komm' ich her«, bis plötzlich ein infernalisches Knattern jedes Verstehen unmöglich macht.

»Da, nun hören Se sich det an. Is det nich doll! Wo kann das bloß herkommen?«

Schulz zuckt mit den Schultern, aber das Interesse, das er plötzlich den technischen Einzelheiten entgegenbringt, verwundert den Straßenbahner. Bereitwillig erzählt er: »Ich hatte UKW eingestellt, da war um halb zwölfe Orgelmusik, und dann hab ick das Mikrofon angeschlossen.«

»Um halb zwölf haben Sie erst beschert?« unterbricht ihn Schulz.

»Na ja, ich bin doch bei der Straßenbahn und hatte bis zehn Dienst. Ehe ick zu Hause war und alles vorbereitet hatte, war es so spät.«

Schulz trinkt bedächtig den Kognak aus und sagt: »Nun möchten Sie wohl gern wissen, woher das Knattern kam? Ganz genau kann ich Ihnen das im Moment noch nicht sagen. Eine Bitte habe ich allerdings. Stellen Sie mir später für ein paar Minuten Ihr Tonbandgerät zur Verfügung.«

Der Straßenbahner nickt. »Ja, bitte, gern, nur, ich verstehe nicht ganz. Wollen Sie es mitnehmen?«

»Ach i wo, alles bleibt hier. Sie brauchen weiter nichts zu tun, als Ihr Radio, genau wie gestern nacht, auf UKW einzustellen, auf ein Zeichen von mir das Band laufen zu lassen und abzuwarten, bis es wieder knattert. Einverstanden? Ich leiste Ihnen dabei Gesellschaft.«

Wieder nickt der Straßenbahner, und wieder steht in seinem ratlosen Blick geschrieben: Erzählen kannst du viel, aber begreifen tue ich es nicht.«

»Schön, dann gehe ich jetzt noch schnell meinen Leuten Bescheid sagen und komme nachher wieder.« Damit beendet Schulz das Gespräch und geht.

Eine Stunde später ist der Kommissar wieder in der guten Stube des Straßenbahners und sieht nervös zum Fenster hinaus. Aus dem Radio erklingt ohne jede Störung des UKW-Programm des Rundfunks. Plötzlich setzt, zuerst schwach und dann immer lauter werdend, ein Knattern im Lautsprecher ein, und zugleich ertönt von der Straße her das Geräusch eines Autos. Hastig stellt Schulz das Tonbandgerät an, um die Geräusche aufzunehmen, und tritt dann ans Fenster. Je näher das Motorengeräusch kommt, desto lauter wird das Knattern im Lautsprecher, bis es plötzlich unvermittelt abbricht.

Der Straßenbahner kommt nicht mehr dazu, eine Frage zu stellen. Schulz ist bereits zur Zimmertür hinaus.

Drüben auf der anderen Straßenseite steht mit abgestelltem Motor der kleine Dixi. Am Lenkrad sitzt ein bleicher junger Mann. Neben ihm befindet sich Unterkommissar Brugsch. »Na, was ist nun?« fragt er Schulz.

Der nickt kaum merklich, öffnet dann die Tür des kleinen Autos und sagt: »Steigen Sie aus, Herr Sens, Sie sind verhaftet.«

Die Uhr über dem Schreibtisch des Kommissars zeigt auf zehn nach elf, als der Medizinstudent Karlheinz Sens den Kopf auf die Brust sinken läßt und kaum hörbar flüstert: »Darf ich rauchen? Ich werde jetzt die Wahrheit sagen.« Aus der Tasche zieht er eine gelbe Zigarettenschachtel: Orient.

Es sind nur noch wenige Fragen, die der Kommissar beantwortet haben will. »Weil sie das Kind erwartete und von Ihnen geheiratet sein wollte, war sie Ihnen lästig, nicht wahr?«

Sens nickt.

Schulz faßt noch einmal zusammen, was die Vernehmung erbracht hat: »Heiligabend waren Sie bis dreiundzwanzig Uhr bei Ihrer Großmutter und fuhren dann mit dem Dixi zu ihr hinaus. Sie gaben vor, sich versöhnen zu wollen, versprachen ihr, sie zu heiraten, und tranken die Flasche Likör mit ihr. Dabei taten Sie ihr heimlich das Schlafmittel ins Glas. Sie gingen noch mit ihr ins Bett und warteten, bis sie eingeschlafen war. Dann trugen Sie sie in die Küche und steckten ihr den Gasschlauch in den Mund. Im Zimmer tippten Sie die ersten Seiten des Abschiedsbriefes – die letzte mit ihrer Unterschrift besaßen Sie von einem früheren Brief, in dem sie mit Ihnen Schluß gemacht hatte, weil Sie sie betrogen hatten. Damals war sie wohl noch nicht schwanger. Und Sie wußten auch, daß sie früher ein Techtelmechtel mit ihrem Chef hatte. Das flochten Sie in den Text des Abschiedsbriefes hinein, um gegebenenfalls den Verdacht auf ihn lenken zu können. – Sie hatten aber nicht daran gedacht, ihr etwas anzuziehen. Deshalb nahmen Sie das Nachthemd, gingen rasch in die Küche und streiften es ihr über.

Dabei drehten Sie die Tote auf die andere Seite. Außerdem trugen Sie bei der Tat die in Ihrer Wohnung inzwischen sichergestellten Operationshandschuhe, um keine Fingerabdrücke zu hinterlassen.«

In sich zusammengesunken sitzt Sens da und nickt nur mit dem Kopf zu den Vermutungen des Kommissars. Erst als Schulz wie zu sich selber sagt: »An fast alles hat der Mörder gedacht. Nur an drei Dinge nicht: daß die Schreibmaschine defekt war, daß das Umdrehen der Toten verräterische Spuren hinterließ und daß der nicht entstörte Dixi-Motor in Radioapparaten auffällige Störungen verursachen würde«, hebt Sens überrascht den Kopf.

Es ist zehn Minuten nach zwölf, als Schulz zu Hause anruft und sagt: »Lisa, du kannst jetzt den Gänsebraten aufsetzen.«

Fahrerflucht

Nachtlokal im Demokratischen Sektor Berlins, eine Bar, wie es noch ein Dutzend ähnliche am Orte gibt. Es ist proppenvoll. Sanfte Beleuchtung, lauwarme Musik und müde Rauchschwaden hängen im Raum. Busenreckende »Tienätscher« in Konsumhosen. stoppelköpfige »James-DIN-A-4-Jünglinge« und wohlbeleibte, rotgesichtige Männer bevölkern den Raum.

So gegen zwei Uhr kommt *der* Gast des Abends. Seine athletische Maßanzugfigur scheint die Bar zu sprengen. »He, Mia«, ruft er über aneinanderklebende Pärchen hinweg und stampft durch die wogende Menge der Tanzenden.

Hinter der Bartheke hebt sich von nackten Schultern der blonde Haarschopf der Barfrau Mia. »Dieter, Mensch Dieter! Bist du wieder in Berlin? Süß, daß du hergekommen bist! Wie geht's dir denn? Siehst prima aus.«

Es dauert einige Minuten, bis die Begrüßungsszene vorüber ist und Dieter zwei doppelte »Auslese« bestellen kann. Da wird Mia plötzlich verlegen, sieht sich forschend um und beugt sich weit über die Bar, daß ihre blonden Locken Dieters Nase kitzeln. »Dieter, die haben sich hier neuerdings wieder so albern mit ihren Ausweisen. Neulich war sogar die Kripo hier. Bezahl doch eine Lage in West, damit ich keinen Zoff mit dem Alten kriege.«

Dieter zieht die Augenbrauen zusammen. »Westgeld willste haben? Auch das noch.« Doch dann greift er in die Tasche. »Na gut, aber dann bring nur ›Spezi‹, nicht den teuren ›Auslese‹.«

Mia nickt zustimmend und schreibt eine Quittung für erhaltenes Westgeld aus: »Zwei doppelte ›Spezi‹, drei DM West«. Nach den beiden »Spezis« bringt Mia eine Flasche Krim-Sekt. Dieter hebt erst fragend die Augenbrauen, als sie für sich selbst einen Sektkelch, für ihn aber nur ein schmuckloses Wasserglas hinstellt. »Warum denn das?«

Mia erklärt ihm den Sinn der Maßnahme: »So sieht es aus, als wenn du zu dem ›Spezi‹ 'n Glas Selters trinkst. Oder willst du den Sekt auch in West bezahlen?«

»Gott behüte«, murmelt Dieter und greift auch schon nach dem Wasserglas. Das tut er in der folgenden halben Stunde noch viele Male, und allmählich kommt in seine Augen ein fiebriger Glanz und auf sein Gesicht eine hektische Röte.

Da wird der nächste Barhocker frei, und ein blonder Pferdeschwanz taucht neben seiner linken Schulterpolsterung auf. Eine kleine feingliedrige Hand legt sich auf die erleuchtete Glasplatte, so dicht neben seine, daß sich die kleinen Finger berühren. Die fremde Wärme elektrisiert Dieter. Er löst seinen Blick von dem Dekolleté der Barfrau und läßt ihn zu dem kaum zwanzig Jahre alten Geschöpf wandern. Ungeniert tasten seine Augen die prallen, in engen schwarzen Hosen steckenden Schenkel, die handbreite Taille und die barocke Pulloverpartie ab, und ungeniert sagt er schließlich zu dem Mädchen:

»Donnerwetter! Eine Architektur wie von Le Corbusier!« Dieter bestellt eine neue Flasche Sekt und sagt dann: »Ich heiße Dieter, und du?«

»Ria«, antwortet der Pferdeschwanz mit belegter Stimme und macht einen tiefen Zug aus der Zigarette. Dieter erzählt ihr, daß er alter Berliner und seit fünfzehn Jahren verheiratet sei, in München eine Fleischkonservenfabrik besitze, alle paar Wochen in Westberlin geschäftlich zu tun habe, und daß draußen auf der Straße sein Borgward stehe.

Ria schlürft zwischendurch Sekt, raucht eine »Gold Flake« nach der anderen und lächelt dabei glückselig. Erst als Dieter vorschlägt: »Wollen wir nicht noch in einen netteren Laden fahren, wo es ein bißchen intimer ist als hier?« wird sie gesprächiger und erzählt, daß sie »nichtanerkannter politischer Flüchtling« aus Dresden sei, von achtundzwanzig Mark »Stütze« lebe und in Schöneberg bei einer Wirtin wohne, die ihr für eine Bruchbude von möbliertem Zimmer achtzig Westmark Miete abnehme. Dann sieht sie auf ihre Armbanduhr und sagt: »Is schon gleich um dreie, da machen die hier im Osten alle dicht. Kommste noch mit bei mir, nur uff 'ne Tasse Kaffee? Aber leise mußte sein, daß wir die Olsche nicht wecken!«

Was der Pferdeschwanz wohl nicht erwartet hatte: Dieter schüttelt den Kopf. »Nee, laß man, Liebling. Dazu brauch ich Atmosphäre. In so 'ner möblierten Untermieterbude vergeht mir die Stimmung. Fahren wir schon lieber zu mir ins Hotel, da können wir deine Tasse Kaffee gemütlicher trinken.«

»Ach is der schön!« Ria läßt sich voller Begeisterung in den roten Polstersitz fallen. Während Dieter hinter das Steuerrad klettert, widmet sie ihre Aufmerksamkeit dem mit allen Schikanen ausgestatteten Armaturenbrett. Geduldig erläutert ihr Dieter die

Funktion der einzelnen Knöpfe. »Standlicht, Fernlicht, Nebelscheinwerfer, Rasierapparatanschluß, Heizung, Klimaanlage, Zigarettenanzünder und hier der Autosuper. Neuestes amerikanisches Modell mit vier Wellenbereichen, UKW-Teil und vollautomatischer Bedienungstaste. Bitte!«

Mit dem Aufheulen des Motors setzen die ersten Akkorde eines Klavierkonzertes ein. Enttäuscht sagt Ria: »Nu horch mal, dat Geklimper krieg ich ooch mit mein Kasten, un der is kein neuestes amerikanisches Modell!«

Dieter lacht laut auf, legt den Arm um ihre Schultern, läßt seine Hand in den Ausschnitt ihres Pullovers gleiten und drückt mit dem Fuß den Gashebel durch. Das Tachometer klettert rasch auf hundert. Wie beseligt legt er sich zurück, so als wolle er sich ganz dem Rausch der Geschwindigkeit und dem Spiel seiner Hand hingeben.

Da sagt Ria: »Nu aber Schluß mit dem Geklimper!«, beugt sich vor und dreht den Knopf des Autosupers. Die Klaviermusik bricht ab, wenige Worte eines Nachrichtensprechers ertönen, werden von einem Walzer abgelöst; englische Sprachbrocken folgen und schließlich ein monotones »tüt-tüt-tüt«. Im gleichen Augenblick geht eine ruckartige Erschütterung durch den Wagen.

Dieter reißt den Fuß vom Gashebel, tritt mit aller Kraft auf das Bremspedal und wird durch den plötzlichen Ruck gegen das Steuerrad gestoßen. Neben sich hört er ein dumpfes Bumsen und dann einen schrillen Aufschrei. Das Mädchen ist mit dem Kopf gegen das Armaturenbrett geschleudert worden. Benommen richtet er sich auf und läßt sich dann aufstöhnend zurückfallen. Der Wagen steht!

Dieter stößt die Tür auf, zieht aber sofort das Bein zurück, das er hinausgestreckt hat. Mit der Fußspitze ist er gegen etwas gestoßen, das unter der Karosserie hervorragt. Ein kurzer Blick bestätigt ihm, daß da unten, zwischen Vorder- und Hinterrad, irgendwo im Gestänge verfangen, ein Mensch hängt. Er beugt sich ganz hinaus. Er muß wissen, ob die Straße belebt ist, ob der Unfall beobachtet wurde, ob womöglich schon die Polizei im Anrücken ist. Nichts. Von weit weg hört er das Rufen einer Frau. Ob es ihm gilt? Er achtet nicht darauf. Er sieht nur noch die breite, klebrig-glänzende Blutspur, die unter seinem Wagen hervorkriecht und in der Dunkelheit verläuft. Die Tür schlägt zu. Bruchteile von Sekunden starrt er geradeaus. Die Windschutzscheibe vor ihm verschwimmt, rückt in weite Ferne, kommt wieder zurück und ist plötzlich ein dickstängiges Gefängnisgitter.

Das leise Weinen des Mädchens ruft ihn in die Wirklichkeit zurück. Rüber nach dem Westen! Wenn sie dich hier kriegen, ist alles aus. Der Wagen macht doch seine hundertsechzig. Ehe der Funkwagen hier ist, kannst du schon an der Sektorengrenze sein. Aber das Mädchen muß raus. Der Entschluß ist schnell gefaßt. Er beugt sich nach rechts, drückt den Türgriff nieder und schiebt dann mit der ganzen Wucht seiner zwei Zentner das Mädchen auf die Straße hinunter. Es sitzt schon auf dem Asphalt, ehe es überhaupt begreift, was vorgegangen ist.

Der kleine schwarze Knopf des Polizeinotrufes, den wenige Augenblicke später eine völlig außer Atem gekommene Zeitungsfrau eindrückt, bringt in Sekunden den Fahndungsapparat auf Hochtouren. Kopf der einsetzenden Aktion ist die Leitstelle des Polizeifunkapparates. Von hier wird der Funkwagen Toni 47 an die Unfallstelle beordert, von hier wird nach Durchsage der ersten Einzelheiten wie in einem Gefechtsstand die Einkesselung des flüchtigen Borgwards eingeleitet.

»An alle Funkstreifenwagen der Inspektionen Prenzlauer Berg, Friedrichshain und Mitte. Kraftfahrzeugfahndung nach Verkehrsunfall. Pkw mit unbekanntem Kennzeichen, Typ Borgward-Sportcoupe, mit überhöhter Geschwindigkeit flüchtig. Fahrzeug ist unter allen Umständen zu stoppen, Fahrer festzunehmen. Bitte Quittung geben. Ende!«

Gleich danach kommen aus dem Lautsprecher die Quittungsmeldungen: »Hier Toni 41. Standort Schönhauser Allee, Ecke Wichertstraße. Kraftfahrzeugfahndung nach flüchtigem Borgward-Sportcoupe aufgenommen. Melden uns wieder. Ende!«

»Hier Toni 36. Standort Leninplatz ...«

»Hier Toni 42. Standort Königstor ...«

Meldung um Meldung bringt der Lautsprecher, und jeder der eingesetzten Funkwagen wird auf der großen Stadtkarte des Lageoffiziers mit einem Fähnchen abgesteckt. In großem Bogen umkreisen diese Fähnchen bald den vermuteten Fluchtweg des Borgward. Doch vergeblich wartet man in der Leitstelle auf die Meldung, daß das flüchtige Fahrzeug gestellt wurde.

Dafür kommen Durchsagen, die beim Lageoffizier ein verständnisloses Kopfschütteln auslösen. Toni 26 meldet, den Borgward in rasender Fahrt in der Gegend des Viehhofes gesehen zu haben. Werden daraufhin alle Funkwagen dieser Inspektion zur Verfolgung eingesetzt, meldet zwei Minuten später Toni 14 den Borgward in Weißensee, Toni 51 in der Stalinallee, Toni 63 in Treptow. Wie ein Geisterauto entkommt der Borgward immer wieder und taucht an einer anderen Ecke des Demokratischen Sektors auf, als wollte er mit den Funkwagen Einkriegezeck spielen. Die letzte Meldung lautet schließlich: »Toni 63. Standort Bahnhof Lichtenberg. Haben gesuchten Pkw ausgemacht. Fährt mit über hundert Kilometer Geschwindigkeit Straße Alt-Friedrichsfelde

Richtung Biesdorf. Verfolgung aufgenommen. Bitten um Unterstützung. Ende.«

Volkspolizeimeister Bertsch, der dem Lageoffizier die Meldung aus dem Sprechraum übermittelt, bemerkt dazu: »Das Tempo können die gar nicht mithalten, so'n hochgezüchteter supermoderner Sportwagen, wie das ist!«

Bei dem Wort »supermodern« hebt der Lageoffizier plötzlich den Kopf, sieht den VP-Meister starr an und sagt: »Mensch, Bertsch, jetzt bringen Sie mich auf eine Idee.« Dann geht er zur Karte und zeigt mit dem Finger auf das Feld, wo breit gedruckt »Alt-Friedrichsfelde« steht. »Das ist doch hauptsächlich unübersichtliches Laubengelände. Passen Sie auf, Bertsch, der Bruder will sich dort verkrümeln, abwarten, bis wir die Fahndung ergebnislos abbrechen. Seh'n Sie hier: die Köpenicker Landstraße führt über Johannisthal, Köllnische Heide schnurgerade nach dem Westen ...«

Der VP-Meister sieht den Lageoffizier fragend an. »Ja, ja, Genosse Rat, das ist alles Laubengelände. Da unten liegt doch Kommissar Schulz schon seit fünf Nächten mit Toni 10 auf der Lauer, um den Frauenschreck zu erwischen.«

»Paßt ja glänzend, Bertsch. Dann geben Sie ihm gleich durch, er soll sich bei mir über Draht melden!«

»Über Draht?«

»Ja. Er soll mich vom nächsten Notruf aus anrufen, weil ich die Anweisung für ihn nicht über Funk durchgeben will.«

»Und was wird mit dem Borgward? Wollen Sie nicht auch die anderen Funkwagen einsetzen?«

»Nein. Blasen Sie sofort über Sprechfunk die gesamte Fahndung nach dem Borgward ab. Und alarmieren Sie telefonisch die Inspektion Treptow. Ein Bereitschaftskommando soll ... ach, lassen Sie, das mache ich allein.«

Bertsch glaubt nicht richtig gehört zu haben. »Die Fahndung nach dem Borgward soll abgeblasen werden?« fragt er ungläubig. »Ja, warum denn so plötzlich?«

»Machen Sie, was ich Ihnen sage, Bertsch, fragen können Sie nachher.«

Zehn Minuten später bremst der Funkwagen Toni 10 an der Kreuzung Baumschulenstraße/Königsheide. »Laß den Motor laufen, Otto«, sagt Kommissar Schulz, als der Fahrer nach dem Zündschlüssel greift.

»Meinen Sie, daß das Ding klappt?« fragt Otto nach kurzem Schweigen.

»Warum nicht. Der will doch seinen schönen Borgward nicht im Stich lassen. Sonst wäre er schon längst zu Fuß getürmt. Und hier ist für ihn der nächste Weg nach West ...«; mitten im Wort bricht Schulz ab. Links, in einigen hundert Metern Entfernung, tauchen zwei Lichter auf. »Los, Otto, startklar!«

VP-Meister Otto beobachtet die näherkommenden Scheinwerfer, fährt langsam an und sagt dann gemütlich: »Na, det Tempo halt ick bis Rom mit.«

»Warte ab! Wenn der erst merkt, daß wir hinter ihm her sind, schlägt er ein anderes Tempo ein.«

»Warum haben wir uns dann nicht mitten auf der Kreuzung aufgebaut?«

»Wirst du bald merken, fahr nur, daß wir Tuchfühlung bekommen.«

Es gelingt Otto bis auf zwanzig Meter heranzukommen, dann dreht der Borgward auf. »Das halten wir nicht lange mit«, flucht Otto und tritt verzweifelt auf den Gashebel. »Der ist einen Zahn schneller als wir. Geben Sie dem ein Ding in die Reifen.«

Schulz schüttelt den Kopf. Statt zur Pistole greift er zum Hörer der Sprechfunkanlage und meldet sich: »Toni 10. Standort Köllnische Heide. Verfolgen gesuchten Borgward. Wagen hat Kennzeichen M-

DA 03-34. Geben Sie sofort über Funk Anweisung: M-DA 03-34 sofort stoppen. Volkspolizei ist hinter Ihnen. Stoppen Sie sofort, sonst wird von der Schußwaffe Gebrauch gemacht. Geben Sie das ohne Unterbrechung durch, bis ich mich wieder melde.«

Ein Klicken folgt, dann ertönt die Stimme des Sprechers aus der Leitstelle: »M-DA 03-34. Stoppen Sie sofort! Volkspolizei ist hinter Ihnen! Stoppen Sie sofort ...«

»Na, nu bin ick neujierig«, ruft Otto in die Durchsage hinein. »Tatsächlich, der Bruder versucht wieder zu türmen. Fährt doch mindestens hundertvierzig jetzt.«

Der Abstand zwischen den beiden Wagen wird immer größer. Dennoch hat Otto Mühe, ein Aufprallen zu verhindern, als der Borgward überraschend bremst und dabei quer über die Straße geschleudert wird. Weiter vorn haben Einsatzfahrzeuge des Bereitschaftskommandos die Straße blockiert.

Schulz ist schon aus dem Wagen gesprungen. Als er den Borgward mit entsicherter Pistole erreicht, die Tür öffnet und gerade sagen will: »Kriminalpolizei! Aussteigen, Sie sind vorläufig festgenommen!« kommt ihm eine Stimme aus dem Autosuper des Borgward zuvor: »M-DA 03-34 sofort stoppen. Volkspolizei ist hinter Ihnen ...« Und so leitet er diesmal die Festnahme mit den unvorschriftsmäßigen Worten ein: »Na, nun machen Sie mal erst Ihren Radiosuper aus; den Polizeifunk können Sie auch bei uns im Wagen hören.«

Bleibt nur noch zu berichten, was für den Kommissar das Überraschende an diesem Fall war: daß ein Mensch von nur zwei Gläschen »Spezi«, die er laut der in seiner Jackettasche gefunden Rechnung in der Nacht getrunken hatte, einen Blutalkoholgehalt von 2,15 Promille haben konnte, wie es die Untersuchung im Polizeikrankenhaus später ergab!

Postschließfach 27

Ein – kriminalistisch gesehen – alltäglicher Fall, so scheint es. Unterschlagung von dreitausend Mark in einem großen Volkseigenen Betrieb. Auf einer Auszahlungsquittung ist die Eins in der Tausenderspalte in eine Vier verfälscht worden. So auffallend, daß es schon die erste flüchtige Kassenrevision ans Tageslicht bringt.

»Das kann nur die Kassiererin gewesen sein«, verrät der Kaderleiter schon am Telefon, als er die Volkspolizei benachrichtigt.

»Na schön, ich schicke Ihnen gleich jemand hin, der die Frau vernimmt«, brummt Kommissar Schulz, nicht sonderlich begeistert. Er will schon den Hörer auflegen, da sagt der Mann am anderen Ende der Leitung auffallend leise: »Nicht mehr nötig, Herr Kommissar, die Frau hat sich auf der Toilette erhängt, ehe wir es verhindern konnten ...«

So bleibt nur noch zu klären: Was geschah mit dem veruntreuten Geld, ist es wieder herbeizuschaffen, oder muß der Betrieb die dreitausend Mark endgültig als Verlust buchen?

Eine Haussuchung in der Wohnung der ungetreuen Kassiererin wird vorgenommen. Es findet sich jedoch nichts, was von dem unterschlagenen Geld gekauft worden sein könnte. Kleidung, Möbel, alles Jahre alt. Es gibt auch keine Familienangehörigen, die Auskunft geben können. Nähere Verwandte der Frau existieren nicht, und der Ehemann, Monteur in einem großen Exportbetrieb, ist seit nahezu einem halben Jahr im Ausland.

Kommissar Schulz, der für die Haussuchung verantwortlich ist, will sie schon ergebnislos abbrechen lassen, da entdeckt er im Küchenschrank das Wirtschaftsbuch der Toten. Wohl nur, weil seine eigene Frau immer Geld im Wirtschaftsbuch aufzubewahren pflegt, nimmt er es näher in Augenschein. Es ist mit pedantischer Korrektheit geführt und fein säuberlich in einen blauen Bogen eingeschlagen. Wie das Schulheft eines Musterschülers.

Unwillkürlich tastet Schulz die Schutzhülle ab und fühlt, daß zwischen Buchdeckel und Einband irgend etwas versteckt ist. Wenn er aber hofft, ein paar Hundertmarkscheine zu finden, sieht er sich enttäuscht. Einen simplen DIN-A-4-Bogen mit wenigen Zeilen Schreibmaschinentext zieht er heraus.

»Frau Gerber«, steht darauf, »ich lasse nicht mit mir handeln. Dreitausend habe ich verlangt, nicht eintausend. Schicken Sie die restlichen zweitausend, oder Ihr Mann und die Volkspolizei erfahren von der Affäre Dr. Wirsing. Adresse diesmal: Paul Müller, Postamt 8, Schließfach 27. Einstecken am 18., um 21 Uhr in den Briefkasten an Ihrer Straßenecke. Halten Sie sich genau an diese Anweisung ...«

Bei aller Kürze des Textes verrät der Brief immerhin, warum sich die Tote an der Kasse vergriffen hatte: Sie ist erpreßt worden!

Kommissar Schulz macht sich nicht erst die Mühe zu orakeln, was es mit dieser »Affäre Dr. Wirsing« auf sich haben könnte. Licht in das Dunkel dieses nun doch recht geheimnisvoll gewordenen Falles kann wohl vorerst nur das Schließfach 27 des ominösen Herrn Müller bringen. Schulz zweifelt keinen Augenblick, daß der Name nur Tarnung ist, doch das Schließfach mußte von irgend jemand gemietet worden sein. Da so etwas aber nur unter Vorlage des Personalausweises möglich ist, bietet sich hier der hoffnungsvollste Ansatzpunkt für weitere Ermittlungen.

Der Besuch des Postamtes bereitet dem Kommissar allerdings eine kaum erwartete Enttäuschung. Es existiert kein Schließfach 27, geschweige denn ein Paul Müller. Genausowenig war ein an ihn adressierter Brief eingetroffen. Die ganze Anschrift schien lediglich eine Finte zu sein. Dennoch ist Schulz mit dem Gehörten nicht unzufrieden. Wenn die Kassiererin den Brief mit den dreitausend Mark in ihren Briefkasten an der Straßenecke gesteckt hat, er aber nicht auf dem Postamt angekommen ist, mußte er dem Erpresser auf dem Wege zwischen Briefkasten und Postamt in die Hände gefallen sein. Präziser ausgedrückt, der Erpresser muß Angestellter der Post sein oder zumindestens dort einen Helfershelfer haben!

Als eindeutigen Beweis für diese Theorie sieht er jetzt auch die Anweisung an, das Geld erst um einundzwanzig Uhr in den Kasten zu werfen. So sollte der Geldbrief in den Nachtbetrieb des Postamtes geschleust werden, wo er gewiß leichter beiseite zu bringen war als am Tage.

Daß sich dieser Hinweis aber auch ganz anders deuten läßt, erfährt Schulz eine Stunde später. Der ins Vertrauen gezogene Leiter des Postamtes schüttelt energisch den Kopf, als er diese Theorie hört. »Ich glaube, da irren Sie. Der Briefkasten, von dem Sie da reden, wird jeden Tag zuletzt um zwanzig Uhr und dann erst wieder früh um sechs geleert. Ein um einundzwanzig Uhr in den Kasten geworfener Brief gelangt also nie in den Nachtbetrieb, sondern liegt die ganze Nacht über im Kasten!«

Das war das Grab seiner Theorie, Erpresser oder Helfer müßten Postangestellte sein. Jeder nur halbwegs mit der Handhabung eines Dietrichs Vertraute konnte den Geldbrief im Dunkel der Nacht aus dem nur mit einem einfachen Schloß versehenen und sonst sicherlich leeren Briefkasten entnommen haben, muß sich Schulz eingestehen.

Die anfangs so aussichtsreiche Spur zum Schließfach 27 endet also in einer Sackgasse. Bleiben nur noch zwei Möglichkeiten, dem Erpresser auf die Spur zu kommen: Klärung der im Brief erwähnten »Affäre Dr. Wirsing« und Untersuchung des Briefes auf bestimmte Merkmale der benutzten Maschine. Das schnell eingeholte vorläufige Gutachten der Briefuntersuchung durch das Kriminaltechnische Institut bereitet auch keinen Anlaß zu großem Jubel. Der Brief war auf einer handelsüblichen Reiseschreibmaschine vom Typ »Groma« geschrieben worden, wie sie zu Hunderttausenden in Gebrauch sind. Um Eigenheiten herauszufinden, die auf die Identität des Schreibers Rückschlüsse zulassen, muß der Brief erst noch von einem Schriftsachverständigen untersucht werden.

Letzten Endes ist es dann die im Erpresserbrief erwähnte »Affäre Dr. Wirsing«, die den Kommissar wieder an seinen Erfolg glauben läßt. Unerwartet erinnert sich seine Sekretärin Elsbeth: »Wirsing? Doktor Wirsing? Ist das nicht die Abtreibungsgeschichte, mit der sich Unterkommissar Becker vor einem halben Jahr so intensiv beschäftigt hat?«

Zehn Minuten später liegt die Akte Dr. Wirsing auf Schulz' Schreibtisch. Unter dem Verdacht, gewerbsmäßig Abtreibungen für Honorare bis zu tausend Mark ausgeführt zu haben, war der Gynäkologe Dr.

Wirsing vor fünf Monaten festgenommen worden. Beweisen konnte man ihm aber nur einen einzigen Fall, weil sich die von ihm behandelten Frauen aus Angst, selbst bestraft zu werden, nicht bei der Polizei meldeten. So fiel die Bestrafung auch recht milde aus. Drei Monate Gefängnis mit Bewährungsfrist!

Eilig blättert Schulz die Akte durch, um zu erfahren, bei wem der verbotene Eingriff vorgenommen worden war. Als er den Namen entdeckt, ist er wieder um eine Enttäuschung reicher. Eine Frau Mallmann, bei der der Eingriff Komplikationen nach sich gezogen hatte, ist als einzige Belastungszeugin aufgetreten. Den Namen Gerber gibt es in der Akte nicht. Nur die letzten Sätze des Abschlußberichtes lassen ihn aufhorchen.

»... zweifellos hat Dr. Wirsing die Abtreibungen in größerem Unfange betrieben, als nachzuweisen war. Es gelang ihm aber rechtzeitig, seine Patientenkartei mit den Krankengeschichten dem Zugriff der Ermittlungsorgane zu entziehen ...«

Plötzlich kommt Schulz ein Gedanke.

»Hier, die Akte kann wieder weg. Und wenn jemand nach mir fragt, ich bin beim Arzt«, sagt er zu Elsbeth und legt ihr das Aktenstück auf den Tisch.

»Wieso, haben Sie's wieder mit der Galle?« fragt die Sekretärin ahnungslos, doch vergeblich. Die Tür ist schon hinter ihm ins Schloß gefallen.

Die junge resolute Dame im weißen Kittel, die auf Schulz' energisches Klingeln öffnet, hält ihn für einen verspäteten Patienten. »Die Vormittagssprechstunde ist zu Ende, mein Herr«, sagt sie kühl und versucht im selben Augenblick, ihm die Tür vor der Nase zu schließen.

»Kriminalpolizei! Ich komme nicht als Patient!«

Das stimmt sie zwar nicht freundlicher, verschafft

Schulz aber Zutritt zum Behandlungszimmer. Der kaum fünfunddreißig Jahre alte Arzt wird kreideweiß, als sich der Kommissar vorstellt. Er ist so aufgeregt, daß er sich nicht mal die Dienstmarke zeigen läßt. »Bitte, gehen wir ins Nebenzimmer, dort sind wir ungestört«, stottert er nur und erhebt sich von seinem Schreibtischsessel.

Schulz läßt ihn vorausgehen, folgt nur langsam und sieht sich dabei interessiert im Raum um.

Im Eingang des Nebenzimmers wartet unterdessen Dr. Wirsing erregt und schließt sorgfältig die Verbindungstür, als Schulz endlich eintritt.

»Entschuldigen Sie bitte meine Aufregung«, beginnt er zerfahren und überhastet zu reden, »ich bin völlig mit den Nerven 'runter. Das Strafverfahren hat mich fix und fertig gemacht ...«

»Ja, ich begreife, und ich bedauere, nochmals ...« Weiter kommt Schulz nicht. Sofort fällt ihm der Arzt ins Wort: »Was denn nun noch? Findet man denn überhaupt keine Ruhe mehr? Ich bin doch verurteilt, was wollen Sie denn noch von mir? Monatelang hat man mir die Praxis geschlossen, es muß doch endlich mal ein Ende haben!«

»Beruhigen Sie sich. Ich will von Ihnen ja nur ein paar Auskünfte, weiter nichts.«

Sichtlich erleichtert greift der Arzt in seine Kitteltasche und holt eine Packung Zigaretten hervor. »Ist ja wohl keine Bestechung ...«, meint er.

Er hält dem Kommissar die Schachtel hin. »Danke, Nichtraucher«, sagt Schulz flüchtig und fährt erst fort, nachdem sich der Arzt eine Zigarette angesteckt hat. »Um Sie nicht mit Ihrer ärztlichen Schweigepflicht oder womöglich auch mit Ihrem Gewissen in Konflikt zu bringen, werde ich meine Fragen sehr vorsichtig formulieren müssen, Herr Doktor. Ich sage Ihnen das jetzt schon, damit Sie nicht wieder mißtrauisch werden.«

Der Arzt antwortet nicht. Zigarettenrauch verhüllt sein Gesicht, so daß Schulz nicht erkennen kann, welche Reaktion seine Worte hervorrufen. Zögernd fragt er schließlich: »Kennen Sie eine Frau Gerber, Herr Doktor?«

»Möglich, Herr Kommissar, ich müßte in meiner Kartei nachsehen. So aus dem Handgelenk kann ich das nicht sagen.«

Ein Katze-und-Maus-Spiel mit Worten setzt jetzt ein. Schulz sucht zu erfahren, ob Wirsing an der erpreßten Frau eine Schwangerschaftsunterbrechung vorgenommen hat und ob ihm die Patientin die Gründe erzählt hat, weshalb sie das Kind nicht wollte. Ein fast aussichtsloses Spiel für den Kommissar, denn der Arzt ist begreiflicherweise kaum bereit, mehr Abtreibungen einzugestehen, als die eine, für die er bestraft worden ist.

Als Schulz noch einen Bluff versucht und sagt: »Ihre Sprechstundenhilfe hat aber ein weitaus besseres Gedächtnis als Sie, Herr Doktor. Sie hat eingestanden, daß Sie Ihnen bei diesem Eingriff assistierte«, springt der Arzt empört auf und sagt ungewöhnlich heftig: »Lassen Sie gefälligst meine Angestellte aus dem Spiel. Sie hat mir nie assistiert. Ich kann Ihnen sogar beweisen, daß sie mir nicht assistieren konnte. Sie hat am rechten Mittelfinger seit fast einem halben Jahr ein kleines Geschwür und trägt heute noch einen Verband. Ich werde sie gleich rufen ...«

Schulz muß wohl oder übel den Rückzug antreten. Er hat keinerlei Mittel, dem Arzt einen verbotenen Eingriff zu beweisen. Dennoch würde er jetzt schwören, daß Dr. Wirsing die Abtreibung bei Frau Gerber vorgenommen hat. Sein ganzes Verhalten verrät es ihm. Doch das schlechte Gewissen eines Täters ist kein Beweisindiz. Mißmutig entschuldigt er sich und geht dann wortlos durchs Behandlungszimmer. Als er dort der Sprechstundenhilfe begegnet, sieht er deutlich, daß ihr rechter Mittelfinger verbunden ist. Und noch etwas anderes entdeckt er: Auf dem Schreibtisch des Arztes steht eine Reiseschreibmaschine!

Auf dem Weg zum Polizeipräsidium läßt ihn der Gedanke nicht mehr los: Der Erpresserbrief ist auf einer Groma-Reiseschreibmaschine geschrieben worden, erpreßt wurde Frau Gerber wegen einer »Affäre Dr. Wirsing«. Zweifellos hat Wirsing die Abtreibung an ihr vorgenommen. Immer mehr drängt sich ihm die Indizienkette auf: Abtreibung-Erpressung-Schreibmaschine Dr. Wirsings!

Sofort einen Haussuchungsbefehl beantragen und die Schreibmaschine beschlagnahmen, ist sein fester Entschluß, als er sein Arbeitszimmer wieder betritt. Wenige Augenblicke später hat er ihn vergessen. Unterkommissar Brugsch unterrichtet ihn über das Gutachten des Schriftsachverständigen. Zwei Sätze sind es, die seine ganze Kombination, Dr. Wirsing könnte der Erpresser sein, widerlegen.

»... Text des begutachteten Briefes wurde von einer geübten Kraft in fließendem Zehnfingersystem geschrieben. Die Untersuchung der hinterlassenen Druckspuren mit dem fotografischen Öldruckverfahren zeigte indessen, daß die im Text enthaltenen Schriftzeichen ›i‹, ›k‹, ›8‹ und das Komma durchgehend schwächere Druckspuren hinterließen, was nur den Schluß zuläßt ...«

Weiter liest Schulz nicht mehr. »Elsbeth«, ruft er. »Diktat.«

An die seltsamsten Experimente ihres Chefs gewöhnt, setzt sich die Sekretärin widerspruchslos an die Maschine.

»Sie können doch Zehnfingersystem, Elsbeth. Jetzt tippen Sie mir doch mal den Brief hier ab. Aber schön langsam. Und jedesmal, wenn Sie mit dem rechten Mittelfinger eine Taste anschlagen, unterstreichen Sie mir bitte gleich den dazugehörigen Buchstaben.«

Als Schulz nach ein paar Minuten die Abschrift des Erpresserbriefes in den Händen hält, geht ein zufriedenes Lächeln über sein Gesicht. Im Text sind die Schriftzeichen »i«, »k«, »8« und das Komma dick unterstrichen!

Eine halbe Stunde später sitzt die im Funkwagen aus der Praxis geholte Sprechstundenhilfe Maria Goebel vor dem Schreibtisch des Kommissars und legt schluchzend ein Geständnis ab.

»Ich gebe zu, zusammen mit meinem Verlobten, dem Westberliner Postangestellten Siegfried Debel, Frau Anneliese Gerber und drei weitere ehemalige Patientinnen des Doktor Wirsing um Beträge zwischen tausend und dreitausend Mark erpreßt zu haben. Durch meine Tätigkeit als Sprechstundenhilfe bei Doktor Wirsing hatte ich genaue Kenntnis der Dinge, die in der Praxis vorgingen. So erfuhr ich auch, daß sich Frau Gerber ein Kind wegbringen ließ, das außerehelich gezeugt worden war, während ihr Ehemann beruflich mehrere Monate im Ausland weilte. Die Idee, die Frauen zu erpressen, kam von meinem Verlobten, der ständig in Geldschwierigkeiten war. Als gegen Doktor Wirsing wegen der Abtreibung Strafantrag gestellt worden war und die Volkspolizei bei ihm Haussuchung hielt, schmuggelte ich die Kartei mit den Namen und Krankengeschichten der behandelten Frauen aus der Praxis und versteckte sie in der Westberliner Wohnung meines Verlobten, wo sie vor dem Zugriff der Volkspolizei sicher war. Auf diese Weise erhielt mein Verlobter Kenntnis von den Dingen. Weil wir keine Schreibmaschine besaßen, schrieb ich die notwendigen Briefe in der Praxis, was ja nicht auffiel, weil ich auch sonst den ganzen Schriftverkehr für Doktor Wirsing erledigte. Als Postbeamter besaß mein Verlobter einen Schlüssel, der auch für Ostberliner Briefkästen paßte. Nachts holte er dann die Briefe mit dem Geld ab. Wenn Doktor Wirsing behauptete, ich hätte von den Abtreibungen keine Ahnung gehabt, so tat er das wohl nur, weil er fürchtete, wenn ich in die Sache verwickelt würde, könnte herauskommen, daß ich die Kartei beiseite geschafft hatte ...«

Nachdem Schulz' Sekretärin noch das Amtshilfeersuchen an die Westberliner Polizei wegen Festnahme des Postangestellten Siegfried Debel getippt hat, klappt sie die Akte zu und murmelt voller Abscheu: »Die ganzen Kerls müßte man doch ...«

Was man müßte, erfährt Schulz nicht mehr. Das Telefon klingelt dazwischen.

»Hier, Ihr Verlobter, Elsbeth.« Er reicht ihr den Hörer und hat dann große Mühe, ernst zu bleiben, als sie errötend in den Hörer zirpt: »Ach, das ist lieb von dir, daß du mich abholst. Warte unten, ich bin gleich fertig ...«

Kümmelblättchen

Pickelgesicht hatte schon die drei Karten in der Hand – Pikbube, Karobube, Herzbube. »Los, Lehmann, wat woll'n wa uns lange streiten«, sagt er gähnend und schiebt die Karten zu einem Fächer zusammen. »Wer den Herzjungen zieht, macht'n Schlepper, wer'n Pik kriegt, haut die Tunte um!«

»Du mit deinem Kümmelblättchen«, sagt Lehmann ängstlich, und sein Milchgesicht sieht in dem grauen Tabakdunst des Wartesaales noch blasser aus, als es ohnehin ist.

Harry schnippt das Messer zwischen die leeren Biergläser. »Sabbel doch nicht soviel, fang schon an.«

Rita, die gerade ihre Laufmasche mit Spucke betupft, hebt den Wuschelkopf. »Haste schon wieder Schiß, Lehmann? Oder brauchste auf eenmal keene Kohlen?«

Die Blutlache beträgt fast dreißig Zentimeter im Durchmesser und ist schon etwas zwischen den Pflastersteinen versickert. Die nächste Laterne steht fünfzig Meter entfernt. Zur Nachtzeit muß es hier stockdunkel gewesen sein. Linkerhand führt eine

Schleifspur durch den Vorgarten zur Kirchenruine. Und unmittelbar vor den Trümmern des Kirchenschiffes liegt rücklings der Tote. Die linke Gesichtshälfte ist blutverkrustet, und ein paar Zentimeter unter dem linken Ohrläppchen klafft die Einstichwunde. Sie ist, wie später die Obduktion ergibt, zwei Zentimeter breit und vier Zentimeter tief. Achtlos weggeworfen, liegen in den Trümmern die leere Brieftasche, einige Zettel mit belanglosen Notizen und der Personalausweis des Toten. Er heißt Rolf Möbius, stammt aus Schwerin, ist 47 Jahre alt und von Beruf Buchhändler.

Nach Lage der Dinge besteht kein Zweifel, daß er einem Raubmord zum Opfer gefallen ist. Der Tatort liegt nur drei Minuten vom Bahnhof Friedrichstraße entfernt, in einer zur Nachtzeit völlig menschenleeren Gegend Berlins.

Die Mordkommission unter Leitung von Kommissar Schulz trifft um acht Uhr zehn ein, um zehn Uhr fünfundvierzig ist sie mit der Routinearbeit fertig. Das Resultat bleibt bescheiden. Zeugen gibt es nicht, obgleich jetzt mindestens fünfzig Menschen neugierig herumstehen. Den ersten brauchbaren Fingerzeig bringt die Untersuchung der Schleifspuren. Sie sind wenig profiliert. Schulz ruft den Unterkommissar Becker heran und sagt: »Spielen Sie mal 'nen toten Mann.« Dann packt er ihn unter den Achseln und zieht ihn einen Meter durch das Gelände. Die tiefen Furchen der Schuhabsätze beseitigen die letzten Zweifel. Sie müssen nicht einen, sondern mindestens zwei Mörder suchen! Die Schleifspuren sind nicht von den Füßen, sondern von dem herunterhängenden Wintermantel des Toten verursacht worden, als er, an Oberkörper und Beinen getragen, von der Straße zur Kirchenruine geschleppt wurde.

Noch vor dem Mittagessen fahren Schulz und Becker mit dem Dienstwagen nach Schwerin. Die Zeit und das Benzin hätten sie sich sparen können. Sie bringen nichts Wesentliches in Erfahrung. Buchhändler Möbius hatte den besten Leumund. Am Nachmittag des Mordtages war er auf Dienstreise gegangen, allein, mit vierhundert Mark in der Brieftasche. In Berlin wollte er nur übernachten und dann am anderen Morgen nach Leipzig weiterfahren. Als Schulz und Becker die Möbiussche Wohnung wieder verlassen wollen und auf dem Korridor an der offenstehenden Schlafzimmertür vorbeikommen, stutzt Schulz. In dem Zimmer steht nur ein Bett. Doch er unterläßt es, Frau Möbius zu fragen, ob ihre Ehe glücklich war, oder ob die Möglichkeit bestehe, daß ihr Mann die Reise in Berlin unterbrochen hatte, um Abenteuer zu suchen. So fragt er nur ganz beiläufig, als er ihr die Hand reicht: »Sie hatten getrennte Schlafzimmer ...?«

Sie sagt sofort: »Mein Mann hat so schrecklich geschnarcht, deshalb schlief er im Wohnzimmer auf der Couch.«

Zwei volle Tage lang geschieht nichts. Natürlich drehen Kommissar Schulz und seine Mitarbeiter nicht Däumchen, sondern suchen Kneipen, Cafés, Nachtlokale ab, zeigen die Fotografie des Ermordeten und stellen wohl tausendmal die Frage: »Haben Sie diesen Mann am Dienstag gesehen?«

Es gibt ein Dutzend Kneipen, Cafés und Nachtlokale rund um den Bahnhof Friedrichstraße, und es war Fastnachtdienstag, als der Mord geschah. Die Lokale waren bis zum letzten Hocker besetzt, und die Hoffnung, daß einer der Kellner oder Portiers sagen kann: Ja, den habe ich hier gesehen, ist geringer als die Aussicht, mit den Nummern der fünf nächsten Straßenbahnen am nächsten Sonntag in der Bärenlotterie einen Haupttreffer zu landen.

Am Morgen des dritten Tages, gleich nach der Lagebesprechung, bringt der Zufall eine mögliche Spur in Form einer ganz simplen Krankenhausmeldung, wie sie der Polizei von Rettungsstellen und Ärzten gemacht werden müssen, wenn sie Verletzungen behandeln, bei denen der Verdacht besteht, daß sie von einer Straftat herrühren können.

Die Charite meldet, daß Fastnachtdienstag gegen 22 Uhr 30 ein Mann mit einer 2 cm breiten und 4 cm tiefen Stichverletzung am Hals eingeliefert, ambulant behandelt und auf dringenden Wunsch nach Hause entlassen wurde. Nach Hause – das hieß nach Lichterfelde, nach Westberlin, wie Kommissar Schulz von der Oberschwester schnell erfährt. Das aber bedeutet, daß er den Mann nicht persönlich vernehmen kann, daß er ein höchst bürokratisches Ersuchen zwecks Vernehmung an die Westberliner Kriminalpolizei zu richten hat, daß er Fragen, die sich eigentlich erst bei einer persönlichen Unterredung ergeben, wie ein Hellseher im voraus auf einem Formular in dreifacher Ausfertigung einreichen muß. Aber er hat nicht einmal eine Begründung für diese Vernehmung, denn daß zwischen den beiden gleichartigen Stichen ein Zusammenhang besteht, ist lediglich eine Vermutung. Und wenn der Westberliner, der obendrein noch Steuerinspektor bei einem Finanzamt ist, sich weigert, der Volkspolizei Angaben zu machen, sind alle Anträge ohnehin für die Katz.

Aber zu einem tüchtigen Kriminalkommissar gehört eben auch eine Portion Glück, wenn er Erfolg haben soll. Dieses Glück heißt Oberschwester Margarete. »Wenn Sie ihn sprechen wollen, Herr Kommissar«, sagt sie, »er wird heute oder morgen herkommen. Für seine Krankenkasse braucht er eine Bescheinigung. Die konnten wir ihm in der Nacht nicht ausstellen, und die will er sich abholen.«

Er kommt wirklich, der Steuerinspektor Albert Bruckhoff, aber die Freude darüber ist nur kurz. Als Schulz sich ausweist und um einige Auskünfte bittet, zuckt der Mann wie ein ertappter Verbrecher zusammen und beginnt am ganzen Leibe zu zittern. Es bedarf der ganzen Überredungskunst des Kommissars, bis er sich bereitfindet, mit ins Polizeipräsidium zu fahren. Er hat eine weinerliche, unmännliche Geziertheit an sich, die nur noch von seiner weibischen Art zu sprechen übertroffen wird: »An jenem Dienstag besuchte ich die Komische Oper, Herr Kommissar«, beginnt er mit gesenkten Augen zu erzählen. »Es gab ›Zar und Zimmermann‹, eine meiner liebsten Opern. Mit Greindl in der Hauptrolle. Aber bitte, ich kann doch auf Ihre Diskretion rechnen. Wenn man auf meiner Arbeitsstelle erführe, daß ich in der Ostoper war, könnte es mich die Karriere kosten.«

»Sie können ganz beruhig sein, es erfährt niemand«, versichert ihm Schulz.

»Ich danke Ihnen, Herr Kommissar. Also, die Vorstellung war kurz nach zweiundzwanzig Uhr aus. Um schnell zum Bahnhof zu gelangen, überquerte ich das abgeräumte Ruinengrundstück neben der Oper, dann ging ich die Neustädtische Kirchstraße hoch in Richtung Weidendammer Brücke, aber kurz vor der Brücke merkte ich schon, daß mir jemand gefolgt war, und da fiel er mich auch schon von hinten an. Erst glaubte ich, es wäre nur ein Fausthieb gewesen, der mich am Hals traf, aber dann rann das Blut an mir herunter, und ich schrie um Hilfe. Er wollte mir noch die Brieftasche entreißen, aber ich preßte den Arm gegen den Rock und wehrte mich so gut ich konnte, und da ließ er von mir ab und flüchtete. Ich schleppte mich dann noch bis zur Charite.«

Schulz weiß nicht warum, aber er hat von Anfang an das Gefühl, daß der Mann eine auswendig gelernte Geschichte aufsagt. »Haben Sie denn den Mann erkannt, können Sie ihn beschreiben? Das wäre sehr wichtig!« fragt er mißtrauisch.

»Nein, leider nein, ich sah nur einen Schatten. Eine Laterne war zwar in der Nähe, aber ihr Licht blendete mich.«

Der Kommissar nickt nur. »Sehr schön, Herr Bruckhoff, und nun sind Sie auch gleich entlassen. Wir wollen nur schnell zur Weidendammer Brücke fahren und kurz den Überfall rekonstruieren, das ist Vorschrift.«

Der Steuerinspektor will Einwände machen, doch Schulz nimmt ihn so freundschaftlich beim Arm, daß er schließlich mitgeht.

Die Laterne, die ihn bei dem Überfall geblendet haben soll, steht gut vierzig Meter von der Stelle des angeblichen Überfalles entfernt und ist seit über einer Woche wegen Straßenbauarbeiten außer Betrieb. In der Komischen Oper war Fastnacht nicht »Zar und Zimmermann«, sondern »Die vier Grobiane« gegeben worden.

»Soll ich noch auf Ihre Kosten das Straßenpflaster untersuchen lassen, Herr Bruckhoff«, sagt Schulz, »oder geben Sie nun endlich zu, daß Sie mir einen Bären aufgebunden haben?«

Bruckhoff schüttelt zwar den Kopf, aber er wagt keinen Widerspruch. Als sie wieder im Präsidium sind, marschiert Schulz im Zimmer auf und ab. »Jetzt werde ich Ihnen sagen, was sich Fastnacht wirklich zugetragen hat. Sie waren nicht in der Oper, sondern am Bahnhof Friedrichstraße und haben sich dort einen von den ›Drei-Groschen-Jungs‹ angelacht, stimmt's?«

Der Steuerinspektor hockt zusammengesunken auf seinem Stuhl und schweigt. Schulz rechnet wohl auch mit keiner Antwort, denn er fährt fort: »Dann sind Sie mit ihm in die Ruinen der Neustädtischen

Kirche gegangen und dort hinterrücks von einem Komplizen, der ihnen heimlich nachgegangen war, niedergestochen worden. War's so?« Als er wieder keine Antwort erhält, kann Schulz nicht mehr an sich halten, er brüllt: »Zum Kuckuck, jetzt nehmen Sie doch endlich mal die Zähne auseinander. Seien Sie doch einmal ein Kerl und nicht solch eine Memme. Ihr Leben ist doch in Gefahr, wenn diese Mordbuben nicht unschädlich gemacht werden.«

Das hilft. Endlich gibt der Steuerinspektor zu, homosexuell veranlagt zu sein und geschwindelt zu haben, aus Angst, seine Stelle zu verlieren. Dabei erhält der Kommissar aber auch Hinweise, die die Ermittlungen voranbringen.

»Ich war mit dem Jungen nicht in der Kirche, sondern in der Lessingruine. Als ich dort reinkam, war mir, als wenn im Hintergrund zwei Gestalten stünden. Der Junge beruhigte mich aber, daß es Kumpels von ihm wären, von denen ich nichts zu befürchten hätte. Einer sagte auch: ›Bist du's, Lehmann?‹, und als er das bestätigte, gingen sie hinaus. Sie müssen mich dann aber wohl überfallen und gestochen haben. Als ich mich jedoch wehrte und um Hilfe rief, flüchteten sie.«

Der Name Lehmann und eine genaue Beschreibung des auf achtzehn bis zwanzig Jahre geschätzten Strichjungen sind wertvolle Details für die weitere Fahndung. Eine der übelsten Erscheinungen der Jugendkriminalität, die zwangsläufig auch immer wieder wie eine Welle auf den Demokratischen Sektor übergreift, sind diese Strichjungen. Obdach- und arbeitslos drücken sie sich nachts in den Wartesälen der Berliner Fernbahnhöfe herum. Die Westberliner Kriminalstatistik weist allein vierzehn Morde und allein über hundert Raubüberfälle auf, die noch heute ungesühnt sind, deren Spuren aber alle in diese Kreise führen.

Nun, da einwandfrei feststeht, daß die Gangster versuchen, auch in der Nähe des Bahnhofes Friedrichstraße wieder Fuß zu fassen, gibt es für die Mordkommission keine Nacht mehr Schlaf. Systematisch werden immer wieder die Wartesäle durchkämmt und über zwei Dutzend junge Männer mit dem Namen Lehmann festgenommen, verhört und wieder freigelassen, weil sie entweder ein Alibi haben oder nicht mit der Personenbeschreibung übereinstimmen. Bis einer der bei den Razzien Festgenommenen zu Schulz sagt: »Lehmann, Herr Kommissar? Wenn det man nicht Jentlehmann is!«

»Jentlehmann?« fragt Schulz.

»Naja, der macht immer so'n Vornehmen und spricht so jeschraubt, deswejen kriegte er den Spitznamen Gentleman. Daraus wurde Jentlehmann und schließlich blieb bloß noch Lehmann übrig. Wie er richtig heißt, weeß ick ooch nicht. Aber wenn Se'n sprechen wollen, müssen Se mittags in die ›Vegetarische Gaststätte‹ in de Alte Schönhauser jehen. Da speista immer, weilt so billig is und keener nach'n Ausweis fragt.«

Am nächsten Mittag speisen Schulz und Becker ebenfalls in der »Vegetarischen Gaststätte«, oder vielmehr wollen speisen, denn ehe sie dazu kommen, erscheint in der Tür ein junger blaßgesichtiger Mann, der haargenau auf die Beschreibung des Steuerinspektors paßt. Die Festnahme nimmt er mit wirklich vornehmer Gelassenheit hin. »Mit dem Tode des Herrn hab ich nichts gemein, Herr Kommissar. Das haben Pickelgesicht und Harry mit 'ner Partie Kümmelblättchen untereinander ausgemacht.«

»Und wer hat dabei gewonnen, mein Sohn?« fragt Schulz väterlich milde, aber Lehmann erweist sich auch hier als Gentleman: »Aber Herr Kommissar«, gibt er freundlich lächelnd zurück, »als ich den Herzbuben gezogen hatte, hab ich gar nicht mehr hingesehen. Ich weiß wirklich nicht, wer gewonnen oder verloren hat.«

Genausowenig will er auch wissen, wo Harry und Pickelgesicht anzutreffen sind. Erst als ihn Schulz anhand des Strafgesetzbuches darauf hinweist, daß man ihn unter Umständen auch allein wegen gemeinschaftlich versuchtem und vollendetem Mord drankriegen könne, überlegt er noch einmal und entsinnt sich dann, daß Harry und Pickelgesicht sich um halb zehn Uhr abends im Automatenrestaurant am Alex verabredet haben.

Harry verspätet sich eine viertel Stunde. So ist es fast zehn Uhr, ehe die drei Festgenommenen in der fünften Etage des Polizeipräsidiums zum ersten Verhör vorgeführt werden. Harry räumt als erster ein: »Stimmt, Kümmelblättchen ham wa jespielt, aber nur darum, wer die Tunte festhalten soll, damit Lehmann die Brieftasche ziehen kann, und dabei hat Pickelgesicht verloren. Von Messerstechen weeß ich überhaupt nichts!«

Pickelgesicht wird puterrot und springt wütend auf: »Det ist aber ein Lügner, Herr Kommissar. Er hat verloren und nich ick. Er sollte die Tunte festhalten, ooch beim zweiten Male, weil doch beim ersten nichts rausgesprungen war. Wenn er dabei mit'n Messer gestochen hat, also, Herr Kommissar, davon weiß ich nichts. Es war ja so dunkel, und wir sind ja dann gleich immer weggerannt ...«

Da greift der Kommissar wortlos in die Tasche und holt das Spiel Karten heraus, das er bei der Festnahme Pickelgesicht abgenommen hat, als er seine Taschen nach Waffen durchsuchte. »Ja, meine Herren, wenn Sie sich nicht einigen können, dann werden Sie noch einmal Kümmelblättchen spielen müssen, wie am Fastnachtabend. Wer den Pikbuben kriegt, wird als Mörder bestraft. So ist es doch gerecht. Also, wer hat gegeben?«

»Ich, Herr Kommissar«, ereifert sich Pickelgesicht und greift nach dem Kartenspiel.

»Stimmt's auch?« fragt Schulz, bevor er das Spiel freigibt.

Im Handumdrehen hat Pickelgesicht die drei Buben aussortiert. »Herzbube ist sofort raus, Pikbube verliert«, sagt er, während er mischt und das restliche Spiel beiseite legt. Die Buben schiebt er dann zu einem Fächer zusammen, dreht die Rückseite nach oben, ein wenig nachlässig, damit Harry sehen kann, wo der Herzbube steckt.

»Bitte!« sagt Pickelgesicht, und Harry deutet sofort auf die ihm zugewendete Außenkarte. »Halt den Finger drauf«, kommandiert Pickelgesicht und zieht dann die beiden anderen Karten schnell weg. Einen Moment besieht sich Pickelgesicht die beiden verdeckten Karten, als überlege er, welche er behalten soll, schiebt sie dabei hin und her, nimmt schließlich eine, steckt sie in die Jackettasche und deckt dann die andere auf. Es ist der Karo-Junge. Harry deckt seine Karte auf und wird kreideweiß. Der Pikbube liegt vor ihm. Der Ordnung halber legt Pickelgesicht nun auch wieder die in die Tasche gesteckte Karte auf den Tisch – den Herzbuben!

»Ja«, sagt Schulz gedehnt. »Du siehst, Harry, du bist der Mörder!«

Harry starrt noch immer auf die Karte. »Aber das ist doch bloß ein Spiel, das kann doch kein Beweis sein, er war es ...«

»Augenblick«, unterbricht ihn Schulz, greift blitzschnell in Pickelgesichts Jackettasche und holt einen zweiten Herzbuben heraus. »Hier, das ist der Beweis, Harry. Darauf bist du reingefallen. Der Herzbube, den du beim Mischen so schön sehen konntest, war präpariert. Vorn Herzbube, hinten Pikbube, den du dann festgehalten hast. Den echten Herzbuben hatte Pickelgesicht in der Tasche und erst nachher auf den Tisch gelegt, damit kein Verdacht aufkommen kann. Auf einen steinalten Kümmelblättchentrick bist du reingefallen, Harry!«

Harry schüttelt noch immer fassungslos den Kopf. »Aber wieso denn, wenn er mich doch betrogen hat, was beweist denn das?«

Schulz schiebt die Karten zusammen und nimmt sie an sich. »Alles, Harry. Denn mit dem gleichen Trick hat er dich auch Fastnacht reingelegt und dich gezwungen, zum Mörder zu werden!«

Der Hund mit dem Diamanthalsband

Es ist Dienstag. Die kleine verchromte Kalenderuhr auf Schulz' Schreibtisch zeigt drei Minuten nach neun. Seine Sekretärin, emsig damit beschäftigt, das Weiterlaufen der Laufmasche in ihrem rechten Perlonstrumpf zu verhindern, stellt ärgerliche Betrachtungen über die Wissenschaft im allgemeinen und die Erfindung der Damenstrümpfe im besonderen an. »Elektronengehirne gibt's, Sputniks und selbst das farbige Fernsehen ist schon erfunden. Ob wohl mal einer der Kollegen Erfinder auf die Idee kommt, den laufmaschenfreien Strumpf zu konstruieren?« schimpft sie vor sich hin.

Der Kommissar nickt ihr zu, denn er kennt diese Stoßseufzer seit mehr als drei Jahren gemeinsamer Zusammenarbeit. Was ihn allerdings nicht veranlaßt, seine Lektüre der Morgenzeitung auch nur für eine Sekunde zu unterbrechen. In ganzer Breite hat er sie vor sich auf dem Schreibtisch liegen. Die Unterarme auf den Romanteil und auf die Wirtschaftsecke gestützt, studiert er gerade mit freundlichem Lächeln den Bericht über den sonntäglichen Fußballkampf seines Sportklubs Dynamo gegen Aktivist Brieske-Senftenberg. Wenn es auch nur noch selten vorkommt, daß er selbst die Fußballschuhe anzieht, so ist er doch seit Gründung des Klubs einer seiner treuesten Anhänger, und Sieg und Niederlage bestimmen über seinen Gemütszustand.

Am letzten Sonntag nun hat Dynamo nach langer Verlustserie wieder überzeugend gewonnen, was ihn sichtlich mit Stolz erfüllt und ein zufriedenes Lächeln auf sein Gesicht zaubert. Das läßt ihn sogar übersehen, daß Elsbeth noch immer ihren Strumpf repariert, statt die drei Vernehmungsprotokolle abzuschreiben, die er ihr vor einer Viertelstunde hingelegt hat.

Es sieht aus, als sollte dieser Dienstag ein ruhiger Arbeitstag ohne besondere Vorkommnisse werden. Da klingelt das Telefon. Ahnungslos greift Schulz zum Hörer, doch die Sekretärin blickt sofort mißtrauisch auf. Ein sechster Sinn läßt sie nicht eingeplante Überraschungen oft im voraus ahnen. Schon nach den ersten Worten des Gesprächs zeigt sich auf der Stirn ihres Chefs eine steile Unmutsfalte.

»Sie wollen mich wohl auf den Arm nehmen, Genosse?« sagt er ungehalten und schiebt mit einer weit ausholenden Bewegung die Zeitung vom Tisch. »Weil ein Schäferhund an der Sektorengrenze totgefahren wurde, rufen Sie gleich das Präsidium an. Kann das nicht vom Revier aus geregelt werden? Wie ...? Was sagen Sie ...? Ach, das ist allerdings ein dicker Hund! Mit Diamanten besetzt? Das ganze Halsband? Irren Sie sich auch nicht? Wirklich echte Steine? Und kein Mensch meldet sich, dem sie gehören? Hm, das ist ja merkwürdig. Na gut, ich komme. In einer halben Stunde bin ich dort.«

Nachdenklich legt Schulz den Hörer auf die Gabel zurück und schüttelt dabei wie in Gedanken den Kopf. Dann erhebt er sich und geht zu seinem Garderobenschrank.

Die Sekretärin hat längst ihre Stopferei eingestellt. Erwartungsvoll sieht sie den Komissar an, doch als er sich den Mantel anzieht und sich anschickt, das Zimmer zu verlassen, ohne sie über den mysteriösen Inhalt des Telefongespräches zu unterrichten, platzt sie doch heraus: »Was ist denn nun los mit dem Diamantenhalsband?«

Schulz wendet sich noch einmal ins Zimmer zurück, zieht die Schultern hoch und sagt: »Keine Ahnung. In der Kochstraße, nahe dem Grenzübergang nach Westberlin, wurde ein Schäferhund totgefahren, der ein diamantenbesetztes Halsband trug. Merkwürdigerweise fand sich aber niemand, dem der kostbare Hund gehört. Ich fahr jetzt mal hin.«

Soviel sieht der Kommissar auf den ersten Blick: Diese vierundzwanzig fast murmelgroßen Steine waren gewiß nicht zur Zierde des Halsbandes bestimmt. Dazu sind sie viel zu primitiv an dem Ledergurt befestigt. »Sieht aus wie Diamantenschmuggel«, beendet er die eingehende Prüfung und notiert die Aufschrift der Steuermarke. Doch was sich hinter der mysteriösen Halsbandgeschichte verbirgt, ist ihm schleierhafter als zuvor.

Schiebung mit Edelsteinen – der Gedanke drängt sich ihm von selbst auf. Durch die Spaltung Berlins ist die Stadt zu einem Dorado für Gauner aller Schattierungen geworden. Seit sie zwei Währungen besitzt, deren Wertrelation der Westen bestimmt, wird mit allem Denkbaren geschoben. Dabei passiert es immer wieder, daß die Schieber ihre Ware im Stich lassen, wenn ihnen eine Festnahme droht. Sollten sich nicht auch Edelsteinschieber hier niedergelassen haben? Doch Schulz will diese Lösung nicht so recht gefallen. Er vermutet mehr hinter der Geschichte.

Der Hund war auf dem Weg von Ost- nach Westberlin überfahren worden, also sollten die Steine in den Westen gebracht werden. Aus der Verwendung eines abgerichteten Hundes ließ sich auch erkennen, daß keine Anfänger am Werke waren. Woher kamen aber die Steine? Im demokratischen Teil Berlins und in der DDR gibt es weder Diamantenfelder noch eine Edelsteinindustrie, lediglich ein paar Industriebetriebe, die für ihre Produktion importierte Industriediamanten verwenden, dazu in so geringem Umfang, daß Diebstähle nennenswerten Ausmaßes längst aufgefallen wären.

»Na schön«, beendet Schulz schließlich seine Ermittlungen auf dem Polizeirevier. »Für Sie ist die Sache erledigt, wir übernehmen die weitere Bearbeitung des Falles.« Und mehr zu sich selbst fügt er hinzu: »Erst wollen wir mal sehen, wem dieser Hund gehört.«

Ein Anruf bei der Hundesteuerbehörde bringt Klarheit: Besitzer des Schäferhundes ist ein gewisser Teike, siebenunddreißig Jahre alt, wohnhaft in Berlin-Bohnsdorf, Eichkaterweg 11.

Ein zweiter Anruf beim Bohnsdorfer Polizeirevier ergibt, daß dieser Wolfgang Teike mit seiner Frau ein selbstgebautes Häuschen bewohnt, als Werkmeister im Berliner Glühlampenwerk arbeitet, weder vorbestraft noch sonstwie polizeilich in Erscheinung getreten ist. Nach allem, was über den Mann in Erfahrung zu bringen ist, handelt es sich also um einen höchstanständigen und soliden Bürger, dem wahrlich keine raffinierten Diamantenschiebungen zuzutrauen sind.

Am meisten aber irritiert den Kommissar, daß Teike bereits auf dem Revier den Verlust seines Schäferhundes Arco gemeldet hat. Dennoch wird er das Gefühl nicht los, die Auflösung des Rätsels hängt irgendwie mit diesem Werkmeister zusammen. Deshalb beschließt er, Teike genau unter die Lupe zu nehmen. Zugute kommt ihm dabei wieder seine Gabe, Gemüsefrauen, Zigarettenhändler, Gastwirte, klatschsüchtige Nachbarn und ähnliche über die Lebensgewohnheiten ihrer Mitmenschen bestens informierte Leute mit wenigen Worten in so angeregte Gespräche zu verwickeln, daß ihnen auch nicht eine Sekunde lang bewußt wird, wie sie ausgefragt werden. Doch so ausführlich die Bewohner des Eichkaterwegs Lebensgewohnheiten und Leumund ihres Nachbarn Teike zu schildern wissen, es ändert sich nichts am Gesamtbild seiner Persönlichkeit. Alle halten ihn für einen vorbildlichen Staatsbürger, dessen Leben sich nur zwischen Beruf und Grundstück, Familie, Hundezucht und Pferderennen abzuspielen scheint. Ein großes Interesse für den Turf ist das einzige, was aus dem Rahmen fällt. Teike besucht jeden Sonntag die Trabrennen auf der Karlshorster Rennbahn.

Schulz sieht darin nicht gleich eine unheilvolle Leidenschaft, er weiß aber auch, wie leicht charakterschwache Menschen der großen Verführung des Wettbetriebes erliegen können. Deshalb entschließt er sich, Teike bei seinem nächsten Besuch in Karlshorst diskret zu beobachten.

Der Werkmeister Wolfgang Teike überfliegt noch einmal die Rennzeitung, tritt dann eilig an das Schalterfenster und sagt erregt: »Nummer vier: fünfmal ›Sieg‹!« Nervös zählt er zehn Fünfzigmarkscheine auf das Brett und nimmt hastig fünf Ticketts mit der Nummer vier in Empfang.

Sieh mal an, fünfhundert Mark in einem Rennen, geht ganz schön ran, der junge Mann, überdenkt Schulz, als er in unauffälligem Abstand Teike folgt. Vor der großen überdachten Bühne poltert gerade das Feld der Trabergespanne vorüber, so schnell, daß Schulz nicht ausmachen kann, wie die Nummer vier im Rennen liegt. Ein einziger Blick in Teikes verbissenes Gesicht verrät ihm aber, daß die Chancen des Pferdes mit der Startnummer vier nicht gerade günstig sein müssen. Im selben Augenblick tönt auch aus der Lautsprechersäule eine Ansage des Renngerichts: »Pferd Nummer vier, Arabeske, mit Günter Krüger im Sulky, wegen Galoppierens disqualifiziert.«

Fünf Ticketts fallen achtlos zu Boden. Dann ist Teike schon wieder auf dem Weg zur Wettschalterhalle. Schulz aber wendet sich nachdenklich dem Ausgang zu. Fünfhundert Mark weggeworfen wie ein Fetzen Papier, geht es ihm durch den Kopf, und es wird ihm klar, daß die fünfhundert Mark wohl kaum von Teikes Gehalt als Werkmeister im Glühlampenwerk stammen können.

Der Pförtner des »VEB Berliner Glühlampenwerk« starrt auf den Ausweis. Dann sagt er: »Zur Werkleitung gleich rechts, das erste Gebäude, vierter Stock, bitte.«

Während Kommissar Schulz im Paternoster emporfährt, überlegt er verdrossen, ob es überhaupt zweckmäßig ist, im Betrieb Ermittlungen anzustellen. Polizeiliche Nachforschungen lösen immer Gerüchte und Verdächtigungen aus, warnen entweder den Täter oder bereiten einem vielleicht unschuldig Verdächtigem ernste Ungelegenheiten. Die Unentschlossenheit, mit der Schulz aus dem Paternoster klettert und den Gang zu den Büros betritt, schwindet auf der Stelle, als er an einer der unzähligen Türen das Schild »Gütekontrolle, Ziehsteinabteilung« entdeckt.

Ziehstein ...?

Plötzlich erinnert er sich eines Aufsatzes über die

Produktion von elektrischen Glühbirnen, den er in irgendeiner Zeitung gelesen hatte. Die nur Bruchteile von Millimetern starken Glühdrähte aus Wolframstahl werden mit Diamanten gezogen; das war darin ausführlich beschrieben.

Nun hat Schulz keinen Zweifel mehr über die Herkunft der Diamanten am Halsband des Hundes. Sein Optimismus erfährt aber schnell wieder einen Dämpfer.

Der Werkdirektor schüttelt energisch den Kopf. »Diamantendiebstähle in der Ziehsteinabteilung? Das ist völlig ausgeschlossen, Genosse Kommissar. Selbst der Meister hätte dazu keine Gelegenheit. Die Steine werden jeden Abend im Tresor verwahrt und dabei natürlich gezählt. Ich wäre ein Trottel, würde ich nicht bemerken, daß Steine fehlen.«

Schulz muß ihm beipflichten, doch irgendwoher müssen die Steine stammen! Denn daß die Steine am Halsband des Hundes auf irgendeine noch unbekannte Weise im Betrieb veruntreut worden sind, läßt er sich auch von dem selbstgefälligen Werkdirektor nicht ausreden. Kurzentschlossen bittet er: »Lassen Sie Werkmeister Teike herkommen, ich möchte mich mal mit ihm unterhalten. Aber bitte kein Wort, daß die Kriminalpolizei hier ist. Wir wollen nicht die Pferde scheu machen.«

Minuten später tritt ein mittelgroßer, unauffälliger Mann im braunen Kittel ins Zimmer, grüßt unbefangen, stutzt aber, als er Schulz sieht.

»Kollege Teike«, beginnt der Werkdirektor. Er wird vom Läuten des Telefons unterbrochen, hebt den Hörer allerdings nicht ab, sondern drückt nur auf einen Knopf und legt das Gespräch in das Vorzimmer um. Dann räuspert er sich und beginnt von neuem: »Kollege Teike ...«

Wieder wird er unterbrochen. Die Tür öffnet sich und die Sekretärin ruft: »Herr Kommissar, das Polizeipräsidium! Ich habe gesagt, Sie seien jetzt nicht zu sprechen, aber die lassen sich nicht abwimmeln. Sie sagen, es wäre wichtig, wegen der Diamantengeschichte ...«

Weiter kommt sie nicht. Der Werkmeister hat im selben Augenblick begriffen, welche Gefahr für ihn besteht. Ohne auch nur eine Sekunde zu zögern, stürzt er zur Tür und ist im nächsten Moment verschwunden.

Wie sinnlos diese Flucht ist, wie dumm und aussichtlos es ist, in den Paternoster zu springen, um schneller nach unten zu gelangen, das wird Teike erst Minuten später klar. Zuerst der Werkdirektor, dann Schulz und schließlich sogar die Sekretärin stürzen hinter ihm her und machen mit ihrem Lärm das ganze Gebäude rebellisch. Doch während der luftknappe Werkdirektor und die aufgeregte Sekretärin die Treppe hinunterlaufen, um den Teike zu verfolgen, geht Schulz nur ein paar Schritte auf den Paternoster zu, wartet bis der nächste Fahrkorb die halbe Höhe zwischen viertem und drittem Stock erreicht, und drückt dann den Alarmknopf der Notbremse. Im selben Augenblick stellt der Paternoster seinen Betrieb ein. Teike ist zwischen dem zweiten und dritten Stockwerk ausweglos gefangen und muß sich nachher eigentlich noch bedanken, daß ihn die beiden alarmierten Betriebsschutzmänner aus seiner peinlichen Lage befreien.

Schulz hat nun den Täter und durch dessen Fluchtversuch auch ein indirektes Tatgeständnis, aber etwas hat er noch immer nicht: eine Ahnung, woher die Steine des Hundehalsbandes stammen.

Vorsichtig, um nicht zu verraten, daß ihm die Zusammenhänge noch immer ein Buch mit sieben Siegeln sind, beginnt er die Vernehmung. »Sagen Sie mal, Teike, woher stammt eigentlich die Idee für die Diamantengeschichte?«

Der Werkmeister ist durch seine Festnahme zu überrascht, er kann keine Ausflüchte machen: »Von Kleemann. Der war früher in meiner Abteilung Schleifer, ist dann nach Westberlin abgehauen und hat sich drüben selbständig gemacht. Er kam zu mir und sagte: ›Mensch, sei bloß nicht so dumm, das merkt doch kein Aas, ob ihr für eure Drähte Ziehsteine erster oder dritter Qualität verwendet. Die Hauptsache ist, daß die Stückzahl gleichbleibt. Von mir bekommst du die Steine dritter Güte. Die tauschst du bei euch um, und ich zahle dir pro Karat blanke fünfzig Westmark auf den Tisch des Hauses. Ist das kein Geschäft?‹ Naja, und als er mir dann noch sagte, ich könnte meine Hunde für den Transport einsetzen, um jedes Risiko auszuschalten, habe ich eben mitgemacht. Durch die verfluchte Wetterei hatte ich ohnehin genug Schulden.«

»Hm«, murmelt Schulz unbefriedigt, weil er die Erzählung noch nicht glauben will. Doch als der Werkdirektor schuldbewußt nickt und andeutet: Stimmt schon, was er sagt, gibt er den inzwischen eingetroffenen Polizisten der Funkwagenstreife einen Wink, Teike abzuführen.

Dann erst sprudelt der Werkdirektor aufgeregt heraus: »Jetzt ist mir alles klar, warum wir in der letzten Zeit so viel Ausschuß und so viele Beschwerden aus der Bevölkerung hatten. Von der Feinheit und gleichmäßigen Stärke des Glühfadens hängt die Lebensdauer einer elektrischen Lampe ab. Die Güte des Glühfadens wiederum wird von der Qualität der Ziehsteine bestimmt. Jede Unebenheit im Stein zeichnet sich im Faden ab. Deshalb führen wir nur die vier- bis fünfmal so teuren Steine erster Qualität aus Südafrika ein. Nun können Sie sich ausrechnen, was die Kerle an ihren dunklen Tauschgeschäften verdient haben, obendrein noch unter Ausnutzung des Wechselkurses West- zu Ostmark.«

Zum Abschied kann Schulz nur mit mattem Lächeln sagen: »Wissen Sie, ich bin nun schon bald zehn Jahre im gespaltenen Berlin bei der Kriminalpolizei, aber auslernen wird man hier wohl nie.«

Das Wrack im Teufelsloch

In der ganzen Märkischen Schweiz heißt der kleine Waldsee von alters her nur das »Teufelsloch«. Die Alten in den umliegenden Dörfern wissen Schauergeschichten über Morde und Raubtaten zu erzählen, die sich an den steilen Ufern zugetragen haben sollen und nie aufgeklärt wurden, weil das »Teufelsloch« seine Opfer unwiederbringlich verschlingt.

Im Sommer des Jahres 1958 ist der kleine märkische Waldsee seines teuflischen Zaubers jäh entkleidet. Die große Dürre hat ihn bis auf wenige Pfützen ausgetrocknet. Keine Mordwaffen und kein Knochengerüst eines ermordeten Burgfräuleins oder eines Raubritters werden sichtbar. Sein Schlick und Morast birgt nur den üblichen Kehricht unserer Zeit: verrostete Matratzenböden, Kinderwagengestelle, Panzerfäuste – und als einzige Überraschung das völlig demolierte Wrack eines Wartburg-Sportwagens. Die freiwillige Feuerwehr zieht es zwar mit einer Seilwinde mühevoll aus dem Schlick, doch erscheint es zunächst unmöglich, festzustellen, wer das Autowrack in den See gestürzt hat und wer der Besitzer war. Sämtliche Identitätsmerkmale, die darauf Antwort geben könnten, sind sorgfältig entfernt worden. Die Kennzeichenschilder hat man abgeschraubt, die Inneneinrichtung ausgebrannt und die eingeprägten Nummern des Motors und des Fahrgestells fachmännisch herausgefeilt.

Dennoch ist damit nicht zu verhindern, daß die scheinbar restlos beseitigten Fabriknummern von Motor und Fahrgestell wieder sichtbar gemacht werden. Die moderne Kriminalwissenschaft bringt beseitigte Spuren wie mit Zauberhand wieder ans Tageslicht. Dazu wird das Wrack des Sportwagens auf einen Lastwagen geladen und nach Berlin ins Kriminaltechnische Institut der Volkspolizei zur weiteren Untersuchung gebracht.

Der Vorgang mit den sichtbar gemachten Fabriknummern landet auf Schulz' Schreibtisch. Vor wenigen Monaten ist er zum Oberkommissar befördert worden, aber dann wurde, wie bei allen VP-Offizieren, ein militärischer Dienstgrad daraus. Als Oberleutnant leitet er nun die Fahndung nach dem Wagenbesitzer ein. Ein Fernschreiben an die Eisenacher Motorenwerke ergibt Baujahr und Auslieferungstag des Wagens, Rückfragen bei der Deutschen Handelszentrale enthüllen den Namen der Stadt, in die er verkauft wurde, und ein Telefongespräch mit dem »Berliner Autosalon« führt zur Feststellung des Kennzeichens IB 04-43 und des Käufers, des Architekten Bernhard Hoopmann, wohnhaft Berlin-Johannisthal.

»Mein Mann ist tot«, sagt mit verhaltener Stimme eine kaum dreißig Jahre alte, attraktiv aussehende Frau, als der Oberleutnant das Haus des Architekten aufsucht, um ihn zu befragen.

»Ach, das habe ich nicht gewußt, entschuldigen Sie bitte«, erwidert Schulz verlegen.

»Im März vergangenen Jahres ist er mit dem Wagen verunglückt«, sagt die Frau, ohne daß er sie nach den näheren Umständen des Todes ihres Mannes fragen muß. Dann bittet sie ihn, ins Haus zu kommen. Die kleine Villa, die Schulz betritt, ist auf das komfortabelste eingerichtet und repräsentiert einen erheblichen Wert.

»In welcher Angelegenheit wollten Sie denn meinen Mann sprechen, waren Sie ein Freund von ihm?« fragt die junge Frau und bietet dem Oberleutnant mit einer Handbewegung Platz in einem der tiefen Polstersessel an.

»Nein, ich bin von der Kriminalpolizei. Oberleutnant Schulz.«

Die Frau runzelt die Stirn. »Polizei? Geht das schon wieder los? Die Untersuchungen waren doch damals abgeschlossen, sagte man mir.«

Schulz blickt auf ihre Hände, die unruhig an einem seidenen Taschentuch herumnesteln. Als wolle sie ihre Nervosität erklären, setzt sie hinzu: »Sie müssen verstehen, die Erinnerung daran ist für mich schrecklich. Wir waren kaum ein Jahr verheiratet ...« Tränen stehen ihr dabei in den Augen.

Schulz schweigt bis sie sich die Augen getrocknet hat, dann greift er in seine Aktentasche und zeigt ihr eine Fotografie des aus dem Waldsee geborgenen Sportwagens. »Ist das der Wagen, mit dem Ihr Mann verunglückte?«

Die Frau wirft einen flüchtigen Blick auf das Foto. »Ja, das ist er. Haben Sie das Bild aus der Unfallakte?«

Schulz fragt schnell zurück: »Wissen Sie, wo der Wagen, ich meine das Wrack, geblieben ist? Irgendwer muß es doch abgeschleppt haben, oder blieb es an der Unfallstelle liegen?«

»Nein, ich habe es nach Berlin holen und unten in die Garage stellen lassen. Ein paar Wochen später kam dann ein Mann zu mir und wollte das Wrack kaufen. Er sagte, es sei sein Geschäft, Unfallwagen aufzukaufen und auszuschlachten. Daraufhin habe ich es ihm verkauft, für fünfhundert oder sechshundert Mark.«

»Können Sie mir die Adresse des Mannes sagen?«

Die junge Frau überlegt. »Es tut mir leid, ich kann sie Ihnen nicht nennen. Brüggemann oder Bergmann hieß er, sagte er. Ich weiß es nicht mehr so genau. Es war mir ja auch nicht wichtig.«

Ein paar Tage später. Durch den thüringischen Kurort Bad Klosterlausnitz fährt in den frühen Nachtstunden ein weißer Wartburg-Sportwagen. Er trägt das polizeiliche Kennzeichen IB 04-43. Am Lenkrad sitzt eine junge Frau in hellfarbenem Ledermantel. Die Scheinwerfer erfassen einen Wegweiser. »Autobahn Hof-Nürnberg 2 km«. Der Wartburg fährt weiter in Richtung Autobahn. Etwa 100 Meter vor der Autobahnauffahrt hält er plötzlich. Die Frau steigt aus, bleibt einige Augenblicke neben dem Wagen stehen und lauscht in die Nacht, als wolle sie sich vergewissern, ob irgend jemand in der Nähe ist. Als sich nichts rührt, steigt sie wieder in den Wagen ein, fährt langsam an und biegt ein paar Meter weiter von der Chaussee in einen schmalen Waldweg ein. Über Wurzeln holpert der Wartburg bis zu einer gebüschumstandenen kleinen Wiese. Dort hält er. Die Frau im Ledermantel löscht die Scheinwerfer, zieht den Zündschlüssel ab und legt ihn unter die Fußmatte. Dann steigt sie aus und läßt den Wartburg unverschlossen stehen. Zu Fuß geht sie nach Bad Klosterlausnitz zurück.

Eine Stunde später etwa nähert sich auf der Autobahn ein weinroter Wartburg-Sport mit der Westberliner Nummer B-LI 673 der Abfahrt nach Bad Klosterlausnitz. Auch er hält an dem Wiesenstück, wo der weiße Wartburg abgestellt ist. Sein Fahrer löscht die Lampen, nimmt aus dem Handschuhfach einen Schraubenzieher, steigt aus und beginnt dann, im Schein einer Taschenlampe die Nummernschilder beider Wagen abzuschrauben und miteinander zu vertauschen. Zehn Minuten später trägt der weiße Wartburg die Westberliner Nummer B-LI 673 und der rote die Ostberliner Nummer IB 04-43. Anderthalb Stunden später kann er anstandslos die Grenze nach Westdeutschland passieren. Die vom Kontrollposten überprüften Papiere stimmen mit dem Kennzeichen überein, die Abfahrt des Wagens vom Berliner Kontrollpunkt Babelsberg war ordnungsgemäß gemeldet und die veranschlagte Fahrzeit eingehalten worden.

Morgens, kurz nach sechs Uhr, erscheint auf der Waldwiese wieder die junge Frau im Ledermantel und holt den roten Wartburg ab. Sie fährt ebenfalls zur Autobahn, schlägt aber den Weg nach Berlin ein. Am Abend steht der rote Wartburg in einer Garage in der Prenzlauer Allee.

Eine Woche später erscheint der aus Westdeutschland mit dem Flugzeug zurückgekehrte Mann, der im Wald bei Klosterlausnitz den Wagen gewechselt hatte, zu Fuß in der Garage. In einer Aktentasche trägt er die Westberliner Nummernschilder B-LI 673 bei sich. Er schraubt die Ostberliner Kennzeichen ab und die Westberliner an. Die Schilder mit dem Kennzeichen IB 04-43 versteckt er in der Garage, den roten Wartburg fährt er durch das Brandenburger Tor nach Westberlin zurück. Die Kontrolle der Wagenpapiere an der Sektorengrenze braucht er nicht zu fürchten. Sie sind ordnungsgemäß auf einen Wartburg-Sport mit dem Kennzeichen B-LI 673 ausgestellt.

Oberleutnant Schulz hat sich die Akte über den tödlichen Unfall des Architekten von der Verkehrspolizei kommen lassen und Frau Hoopmann zu einer zweiten Vernehmung ins Präsidium bestellt.

»Sie haben mir gar nicht erzählt, daß Sie den Wagen fuhren, als der Unfall geschah, Frau Hoopmann?«

»Danach haben Sie mich auch nicht gefragt.«

»Wie lange besaßen Sie denn schon eine Fahrerlaubnis?«

»Zwei Tage vorher hatte ich meine Fahrprüfung abgelegt.«

»Und da hat Sie Ihr Mann schon den Wagen fahren lassen? Der Unfall passierte doch nachts bei Regenwetter. Da läßt man doch keinen Anfänger fahren.«

»Mein Mann war so übermüdet, er hatte schon sieben Stunden am Lenkrad gesessen, deshalb ...«

Schulz blättert unschlüssig in der Akte, überfliegt noch einmal den Bericht über den Hergang des Unfalls. Danach war der Wagen in einer Kurve bei Michendorf ins Schleudern geraten, aus der Kurve getragen worden und dann eine sechs Meter hohe Böschung hinuntergestürzt. Doch diese Angaben stammen letztlich von der Frau. Wenn sie nun gelogen hat? Der Mann kann geschlafen haben, sie kann den Wagen langsam an den Rand der Böschung herangefahren haben, ausgestiegen sein und ihn dann die Böschung hinuntergestürzt haben. Gewiß, sie hat leichte Prellungen und Hautabschürfungen erlitten, aber kann sie sich die Verletzungen nicht auch anderweitig beigebracht haben?

Schulz wehrt sich noch immer, der Frau einen so kaltblütigen Mord zu unterstellen, aber er kann die Möglichkeit nicht ausschließen. Sie hat eine Villa und ein beträchtliches Vermögen geerbt. Sie war über zwanzig Jahre jünger als ihr Mann und kaum ein Jahr mit ihm verheiratet gewesen. Die ganze Ehe konnte auf solche Berechnung hin von ihr eingegangen worden sein. Von der Versicherung hat sie obendrein für den Tod ihres Mannes dreißigtausend Mark erhalten.

Doch er verwirft alle derartigen Vermutungen wieder. Der Hergang des Unfalles war damals genauestens überprüft worden. An der Unfallstelle waren Brems- und Schleuderspuren gesichert worden. Unmöglich, daß sie auch diese Spuren fingiert haben konnte.

Schulz gibt es auf, zwischen dem Unfall und dem im Waldsee gefundenen Wrack gewaltsam einen Zusammenhang herzustellen. Er will jetzt die Vernehmung beenden, da zieht die junge Frau einen Brief aus ihrer Handtasche.

»Ich hatte schon gar nicht mehr daran gedacht, aber als Sie neulich bei mir waren, fiel es mir wieder ein. Hier, dieses Strafmandat ist vor sechs Wochen gekommen. Mein Mann sollte zehn Mark bezahlen, weil er seinen Wagen falsch geparkt hatte.«

Der Oberleutnant starrt auf das Strafmandat. »Vor sechs Wochen ist das gekommen? Aber da war doch Ihr Mann schon anderthalb Jahre tot und sein Wagen verschrottet ...«

»Eben, das ist ja das Unsinnige daran. Ich habe die zehn Mark natürlich nicht bezahlt. Es hat sich auch noch niemand wieder gemeldet.«

Schulz überfliegt noch einmal den Text: »... haben Sie am 17. April 1958 Ihren Pkw Wartburg-Sport, Kennzeichen IB 04-43, in der Prenzlauer Allee um 16.00 Uhr an einer Stelle abgestellt, an der Parken verboten ist ...« Er schüttelt den Kopf. Dann sagt er plötzlich: »Frau Hoopmann, eine Frage noch. Haben Sie dem Mann, der Ihnen das Autowrack abkaufte, die Papiere des Wagens überlassen?«

»Ja, natürlich. Er verlangte sie ja extra. Er sagte, er benötige sie, um den rechtmäßigen Erwerb nachweisen zu können.«

Eine Stunde später ergeht über Sprechfunk und Fernschreiber an alle Funkwagen, Grenzkontrollposten und Polizeidienststellen das Fahndungsersuchen.

Nach drei Tagen, abends um neunzehn Uhr, kommt vom Grenzkontrollposten Bohnsdorf die telefonische Meldung: »Wartburg-Sportwagen, Kennzeichen IB 04-43, gestellt. Fahrerin Ingeborg Michelski vorläufig festgenommen.«

Eine junge Frau in hellfarbenem Ledermantel sitzt in der Baracke der Kontrollstelle, als Oberleutnant Schulz mit seinen Kollegen Becker und Koch eintrifft. Ihre Fahrzeugzulassung ist ordnungsgemäß auf einen Wartburg-Sport, Kennzeichen IB 04-43 ausgestellt. Als Besitzer des Wagens ist ein Bernhard Hoopmann eingetragen!

»Das ist mein Schwager, er hat mir seinen Wagen geborgt«, sagt die Frau im Ledermantel sofort.

»So, das ist Ihr Schwager?« wiederholt Schulz ironisch. »Und dann wissen Sie gar nicht, daß Ihr Schwager schon vor anderthalb Jahren mit dem Wagen tödlich verunglückt ist?«

Da gibt sie jedes weitere Leugnen auf.

Um dreiundzwanzig Uhr steht der Wartburg-Sport IB 04-43 wieder auf dem Waldweg in der Nähe des Kurortes Bad Klosterlausnitz. Hinter Bäumen und Büschen versteckt liegen Schulz und seine Mitarbeiter auf der Lauer. Das Waldstück ist in weitem Umkreis von einem Kommando der Bereitschaftspolizei umstellt.

Gegen vierundzwanzig Uhr trifft dann auch pünktlich der rote Wartburg mit der Westberliner Nummer ein. Als sein Fahrer aus dem Wagen steigt und die Kennzeichenschilder abzuschrauben beginnt, flammen ringsum Handscheinwerfer auf. Mit entsicherter Pistole geht Oberleutnant Schulz auf ihn zu. »Sparen Sie sich die Arbeit, Brüggemann. Kriminalpolizei. Ihre Verlobte hat bereits ausgesagt.«

Brüggemann ist so überrascht, daß er sich widerstandslos die Acht um die Handgelenke legen läßt. Auf der Rückfahrt nach Berlin legt er schon ein umfassendes Geständnis ab.

Danach hatte der achtunddreißigjährige Autoschlosser im Demokratischen Sektor Berlins dreizehn raffiniert getarnte Autodiebstähle ausgeführt. Er war 1956 in die Bundesrepublik geflüchtet. Dort fand er schnell Anschluß an eine internationale Autoschieberbande, die gestohlene Wagen über den Freistaat Andorra nach Spanien oder Portugal und dann weiter in einige afrikanische Länder ohne eigene Autoproduktion verbrachte. Als Brüggemann sich genügend Verbindungen zu den ausländischen Hehlern geschaffen hatte, beschloß er, sich in dem Gewerbe selbständig zu machen. Er kehrte nach Westberlin zurück und organisierte von hier aus den Diebstahl von Wartburg-Sportwagen, die im Ausland durchaus gefragt waren. Um die Wagen ins Ausland zu bekommen, besorgte er sich die Fahrzeugzulassung und die Kennzeichenschilder des Unfallwagens der Witwe Hoopmann und kaufte einen anderen in Westberlin zugelassenen Wartburg-Sport. Nachdem die Schilder in dem vereinbarten Versteck ausgetauscht worden waren, konnte der gestohlene Wagen ohne jedes Risiko über Westdeutschland nach Andorra gefahren werden. Die dortigen Polizeibehörden zeigten wenig Interesse an der Herkunft und an den Papieren der eingeführten Wagen. Gegen Zahlung geringer Bestechungsgelder statteten sie sie bereitwillig mit landeseigenen Papieren aus. So konnte Brüggemann die deutschen Papiere und Kennzeichen wieder mit zurücknehmen und unbegrenzt weiterverwenden. Nach seinen Angaben hatte er an jedem gestohlenen Wagen drei- bis viertausend Westmark verdient.

Feuerwehrball im Dorfkrug

Eine Stadtrandsiedlung im Osten Berlins, ländlich geprägt. Hinter den letzten Häusern breiten sich Äcker und die Rieselfelder aus. Im verräucherten Saal des Dorfkruges drängen sich Jugendliche beim Tanz, an der Theke der Schankstube die Älteren um den Zapfhahn. Feuerwehrball ist angesagt. Vier junge Burschen randalieren mit dem Saalordner, der sie ohne Eintrittskarte nicht in den Saal lassen will. Zwei ältere Bauern und der Genossenschaftsvorsitzende Schumann müssen sie gewaltsam hinausdrängen.

Als Schumann wieder in den Saal zurückkehrt, spricht ihn ein Mann an: »Ich wollte eigentlich wieder einmal mit Ihnen ins Geschäft kommen, Genosse Schumann, aber dazu ist wohl jetzt nicht der rechte Augenblick.«

Schumann muß erst überlegen, woher er den Fremden kennt. »Sind Sie nicht der Mann mit den Zeitschriften?«

»Ja, Karl Blume, vor ein paar Wochen habe ich Ihnen ein Abonnement fürs ›Bauernecho‹ verkauft. Ich hätte wieder etwas Neues für Sie. Der Verlag gibt jetzt eine Wandzeitung heraus. Das wäre doch das Richtige für euer neues Klubheim. Alle vierzehn Tage erscheint sie mit aktuellen Bildern und Beiträgen über das Genossenschaftsleben. Politisch ungemein wichtig ...«

Schumann ist nicht bereit, sich jetzt einen Werbevortrag über die Wandzeitung anzuhören. Deshalb unterbricht er im freundlichen Ton: »Im Moment habe ich wenig Zeit, Herr Blume, aber wenn Sie noch ein bißchen hierbleiben, können wir noch darüber reden.«

Blume ist schon dabei, sich seinen Mantel anzuziehen. »So eilig ist es ja nicht, Genosse Schumann. Ich muß wieder früh raus. In den nächsten Tagen spreche ich noch einmal bei Ihnen vor.« Damit verabschiedet er sich und verläßt die Schankstube. Draußen auf dem steinernen Treppenpodest, der zur Straße hinunterführt, knöpft er sich seinen Mantel zu, dabei hört er aus der Dunkelheit Stimmen. Irgend jemand, den er nicht erkennen kann, sagt gerade: »Das wär doch 'ne Schau, Feuer auf'm Feuerwehrball. Da müßten die Brüder löschen und könnten sich nicht mehr amüsieren.«

Ein anderer erwidert: »Das wär'n Gag. Die Gesichter möchte ick seh'n.«

Dann verlieren sich die Stimmen in der Dunkelheit.

Blume wartet noch ein paar Augenblicke, schlägt seinen Mantelkragen hoch, geht lautlos die Steinstufen hinunter und den Stimmen nach, die aus der Ferne zu hören sind.

Im Tanzsaal spielt die Kapelle einen Tusch. Der Genossenschaftsvorsitzende Schumann tritt an die Rampe der Bühne und verkündet Damenwahl. Doch ehe sich noch die ersten Pärchen auf dem Parkett drehen, bedarf es schon wieder seiner friedenstiftenden Autorität.

Erika, die hübsche Verkäuferin der Konsumverkaufsstelle, hatte den Landtechniker Manfred zum Tanz aufgefordert. Das mißfällt dem angetrunkenen Traktoristen Rudi. »Du tanzt mit mir!« macht er ältere Rechte geltend.

»Die nächste Tour tanzen wir«, versucht Erika den drohenden Streit im Keim zu ersticken. Da greift Manfred ein. »Erika will nicht mit dir tanzen, merkst du das nicht?«

Das hätte er dem gereizten Traktoristen nicht sagen dürfen, denn der packt mit der linken Hand den Rivalen am Anzugrevers und holt mit der rechten zum Schlag aus. Ehe er aber zuschlagen kann, tritt Schumann dazwischen.

»Rudi«, sagt er nur väterlich mahnend, »wenn du zuviel Kraft hast, haben wir anderweitig Verwendung dafür. Komm, laß die beiden tanzen.« Dann hakt er den eifersüchtigen Burschen freundschaftlich unter den Arm und führt ihn weg.

»Den Mann kauf ich mir noch ...«, brummt Rudi zwar, geht aber gehorsam vom Parkett.

Um seinen Sieg vollständig zu machen, zieht Manfred die kleine Erika ganz eng an sich und legt verliebt seinen Kopf an ihre Wange. »Wollen wir nach dem Tanz rausgehen? Es ist sowieso so warm hier drin.«

»Draußen erkälte ich mich nur.«

»Dann können wir ja in die Scheune gehen.«

»Nein, lieber nicht.«

»Paß auf, ich gehe allein vor, und du kommst zehn Minuten später nach. Das fällt bestimmt nicht auf.«

Daß Erika kommen wird, spürt Manfred, als sie sich enger an ihn schmiegt. Was er aber nicht bermerkt, sind die eifersüchtigen Blicke Rudis, der am Rande des Parketts steht und ihn nicht mehr aus den Augen läßt.

Blume war den vier Jungen durch die ganze Siedlung bis zur Gastwirtschaft am Ortsausgang gefolgt. Dort hört er den ältesten von ihnen sagen: »Los, gehen wir rein, ist ja noch zu früh.«

Blume wartet noch ein paar Minuten auf der

Straße, ehe er das Gasthaus Krüger betritt. Der Wirt begrüßt ihn wie einen alten Bekannten. »Mensch, Blume, wieder mal im Lande? Schön, daß du mich besuchst. Bruno will nachher auch noch kommen, da können wir Skat spielen. Heute ist sowieso kein Geschäft, wo alles auf dem Feuerwehrball ist.«

Blume hört dem Gastwirt nur mit halbem Ohr zu. Er beobachtet die jungen Burschen, die am Fenstertisch Platz genommen haben und jetzt eine ganze Flasche Schnaps bestellen, als wollten sie sich für irgend etwas Mut antrinken. Von ihren leisen Gesprächen kann er allerdings nichts verstehen.

»Inzwischen können wir ja schon 'n Kutscherskat spielen«, regt der Gastwirt an und holt die Karten und den Schreibblock herbei. Als sie am Stammtisch Platz nehmen und Krüger bereits mischt, hört Blume, wie der Anführer der Burschen laut sagt: »Also, wenn ihr alle Angst habt, denn wer'n wir es eben ausknobeln. Wer verliert, macht et.«

Auf welchen der vier das Los fällt, kann Blume nicht beobachten, denn Krüger legt ihm die Karten hin und sagt: »Los, spiel schon aus ...«

Manfred hat sich in der Scheune auf einen umgestürzten Eimer gesetzt. Er wartet kaum zwei Minuten, da öffnet sich quietschend die große Scheunentür. Manfred wundert sich, daß Erika so schnell nachkommt. Leise fragt er: »Erika, bist du es?«

Statt einer Antwort flammt die Deckenlampe auf. In der Scheune steht Rudi. Mit der linken Hand schließt er hinter sich die Tür, mit der rechten greift er nach einem Knüppel, der unter dem Lichtschalter an der Wand lehnt. Langsam, ohne ein Wort zu sagen, nur den Knüppel unmißverständlich gehoben, geht er auf Manfred zu.

»Wirf wenigstens den Knüppel weg, wenn du dich schon prügeln willst. Oder hast du Angst vor mir?«

schreit ihm Manfred entgegen und weicht Schritt um Schritt zurück, bis er an die Leiter stößt, die zum Getreideboden hinaufführt.

Rudi lacht gereizt auf. »Angst vor dir? Dich erledige ich auch so.« Dann läßt er den Knüppel fallen und stürzt sich auf seinen Widersacher. Ehe er ihn packen kann, hat Manfred sich umgedreht und ist die Leiter hinaufgeflüchtet.

Rudi greift nach den Holmen, versucht die Leiter wegzuziehen, als ihm das nicht gelingt, klettert er Manfred nach. Der ist in die hinterste Ecke des Bodens geflüchtet und verbirgt sich schnell hinter Getreidesäcken, die bis hart an den Rand der Bodenbretter gestapelt sind. Der Weg, der an ihnen vorbeiführt, ist kaum zwanzig Zentimeter breit und glatt wie eine Eisbahn von verstreut herumliegenden Getreidekörnern und Strohhalmen.

Drei, vier Schritte balanciert Rudi an den Säcken entlang, verliert dann, da er ohnehin nicht fest auf den Beinen steht, das Gleichgewicht. Für einen Augenblick kann er sich noch an einem der oberen Säcke festhalten. Bruchteile von Sekunden später neigt sich der Sack nach vorn und drückt Rudi mit voller Wucht über den Rand des Getreidebodens in die Tiefe. Der dumpfe Aufprall des Körpers auf dem Steinfußboden der Scheune wird von dem nachstürzenden Zwei-Zentner-Sack fast völlig erstickt.

Eine Stunde später schreckt das grelle Heulen der Feuersirene die Besucher des Feuerwehrballes auf. Die große Scheune der Genossenschaft steht in hellen Flammen. So schnell die Männer der freiwilligen Feuerwehr auch zur Stelle sind, so schnell auch die Löschzüge der Berliner Berufsfeuerwehr anrücken, der Brand läßt sich nur noch eindämmen. Auch der Versuch, die in der Scheune lagernden Getreidevorräte zu bergen, muß bald aufgegeben werden.

Da durchbricht plötzlich jemand die Absperrung. Ohne sich aufhalten zu lassen, dringt Manfred in das verqualmte Innere der Scheune ein. Unter Einsatz seines Lebens schleppt er wenig später den vom Getreideboden gestürzten Rudi ins Freie.

Die ersten Ermittlungen der Brandursachenkommission führen auf die Spur des jungen Landtechnikers. Woher konnte er wissen, daß der Traktorist sich in der brennenden Scheune befand und wo er gelegen hatte? Die zum Bergen der Erntevorräte eingesetzten Feuerwehrmänner hatten ihn nicht entdeckt, keiner der Leute hatte überhaupt eine Ahnung davon, daß jemand in der Scheune war. Wenn Manfred, aus welchen Gründen auch immer, Rudi gerettet hatte, mußte er also vorher davon gewußt haben.

Hauptmann Koslowski läßt Manfred in das Dienstzimmer des Abschnittsbevollmächtigten holen. Ehe er aber die erste Frage an ihn richten kann, platzt der junge Mann heraus: »Wie geht es Rudi, lebt er?«

»Sie können von Glück reden, er lebt. Er hat sich zwar ein paar Rippen gebrochen und eine Gehirnerschütterung davongetragen, aber die Ärzte hoffen, ihn durchzukriegen.«

Es dauert einen Moment, bis Manfred wie nach einem lange und reiflich überlegten Entschluß erklärt: »Herr Hauptmann, ich möchte Ihnen doch lieber die Wahrheit sagen.« Ohne weitere Umschweife erzählt er dann, was sich zwischen ihm und Rudi in der Scheune zugetragen hat.

»Hm, mag sein, daß es soweit stimmt, was Sie mir da erzählt haben«, sagt Koslowski freundlich, »aber wenn Sie nun schon dabei sind, reinen Tisch zu machen, müssen Sie auch noch den Rest erzählen.«

Manfred hebt den Kopf, sieht den Leiter der BUK groß an. »Ich verstehe nicht.«

»Ich meine, warum haben Sie keine Hilfe geholt, als noch Zeit dafür war?«

»Weil ich Angst hatte, man würde mir das nicht glauben und mich sofort verhaften.«

»Sehen Sie, Sie hatten Angst. Also mußten Sie doch die Spuren des Zwischenfalles beseitigen. Und wie beseitigt man am einfachsten solche Spuren? Indem man die Scheune in Brand steckt, nicht wahr?«

Manfreds Gesicht wird aschgrau. »Ich habe die Scheune nicht angesteckt. Ich bin einfach kopflos davongelaufen. Warum sollte ich denn auch Rudi aus der brennenden Scheune retten, wäre ich der Brandstifter?«

»Das werde ich Ihnen auch sagen. Solch ein abgebrühter Verbrecher sind Sie nicht, daß Sie mitleidslos ansehen können, wie Ihr Opfer verbrennt. Zunächst war ja alles nur im Effekt geschehen. Als Sie dann aber mit eigenen Augen sahen, was Sie angerichtet hatten, versuchten Sie, wenigstens noch das Schlimmste zu verhindern und retteten Rudi aus den Flammen!«

Vergeblich wartet Koslowski jetzt auf den letzten Teil des Geständnisses. Der junge Mann schüttelt nur immer wieder den Kopf und schweigt.

Die Männer der Branduntersuchungskommission sind fest davon überzeugt, daß sie den Brandstifter in Gewahrsam haben. Doch Stunden später muß Koslowski sich eines anderen belehren lassen. Der Zeitschriftenvertreter Blume sucht ihn in dem engen Büro auf und berichtet mit pedantischer Genauigkeit von den vier jungen Burschen, die aus dem Dorfkrug hinausgeworfen wurden und dann ausgeknobelt hätten, wer es tun müsse.

Voller Eifer erzählt Blume: »Mir schwante ja von Anfang an, daß die irgendeinen Streich im Schilde führen, deshalb habe ich sie auch nicht mehr aus den Augen gelassen. Als sie bei Krüger aufbrachen, bin ich ihnen wieder heimlich gefolgt. Sie gingen zur Kirche, wo sie ihre Motorräder abgestellt hatten. Einer von ihnen holte irgend etwas, was ich nicht erkennen konnte, und dann trennten sie sich. Der, der etwas geholt hatte, ging zur Scheune, ihm bin ich gefolgt. Als er von der Straße zur Scheune abbog, habe ich mich gegenüber in die schmale Durchfahrt an der Postfiliale gestellt. Von dort konnte ich nämlich am unauffälligsten den kleinen Weg, der zur Scheune führt, beobachten.«

Während Blume eine kurze Pause einlegt, wie um die Spannung zu steigern, blättert Hauptmann Koslowski die auf dem Schreibtisch liegende, mit allen Details des Brandortes und seiner Umgebung gezeichnete Lageskizze auf und sucht die Stelle, an der Blume seinen Beobachtungsposten bezogen hatte. Plötzlich stutzt er, sieht noch einmal genauer hin, läßt sich aber seine Verwunderung nicht anmerken. »An dem schmalen Durchgang, der an der Post vorbei zur Scheune führt, hatten Sie sich aufgestellt, ja, Herr Blume?«

Blume nickt. »Ja, und wie ich da so stehe, sehe ich doch, wie der Bursche zur Längsseite der Scheune geht, eine Leiter, die an der Wand hing, abnimmt und mit ihrer Hilfe dann in ein Fenster einsteigt.«

Verwundert fragt der Kriminalist: »Und da haben Sie nicht eingegriffen, Herr Blume?«

Blume sieht den Hauptmann treuherzig an. »Jetzt schon? Nee, ich wollte ihn doch auf frischer Tat ertappen. Und außerdem passierte ja auch gar nichts.«

»Gar nichts? Eine Stunde später stand die ganze Scheune in Flammen. Das nennen Sie gar nichts?«

»Aber wie denn?« stottert Blume verlegen.

»Der Brandstifter bediente sich gewissermaßen eines Zeitzünders, wie die Brandursachenermittlung ergab. In eine mit Benzin gefüllte Heringsdose stellte er ein halbes Talglicht. Ehe die Flamme soweit heruntergebrannt war, um das Benzin und die Strohballen in Brand zu setzen, verging schon eine Weile.«

»Das habe ich ja nicht im Traum geahnt«, sagt Blume mit entwaffnender Harmlosigkeit.

»Und als der Feueralarm kam, ist es Ihnen dann nicht bewußt geworden?« fragt Koslowski kopfschüttelnd.

»Aber da war ich schon nicht mehr in Berlin. Ich bin mit meinem Krad weitergefahren, weil ich um sechs Uhr in Oderberg sein mußte. Bei der Tankstelle an der Autobahn können Sie nachfragen, ich habe noch in der Nacht getankt.«

»Ich glaube es Ihnen auch so, Herr Blume. Wie lange bleiben Sie diesmal hier? Ich werde Sie noch brauchen, wenn wir die Burschen kriegen.«

»Bis morgen abend bestimmt, Herr Hauptmann. Und wenn nicht, ich wohne ja nicht allzuweit ...«

Als Blume am anderen Vormittag erneut zur Vernehmung ins ABV-Büro bestellt wird, sieht er sich drei Kriminalisten gegenüber. Der Hauptmann hat Verstärkung bekommen. Oberleutnant Brugsch und der Kriminaltechniker Koch, der die Lageskizze zu Papier gebracht hatte, assistieren ihm.

Unbekümmert leutselig erkundigt sich Blume: »Na, haben Sie die Burschen schon geschnappt?« Sein Lächeln verkrampft sich aber zur Grimasse, als Koslowski trocken erwidert: »Nicht mehr notwendig, Blume. Wir haben ja Sie!«

»Ich? Wie kommen Sie denn ...?«

»Ihr schlechtes Gedächtnis hat uns darauf gebracht, Blume. Als Sie gestern nacht zur Scheune schlichen, um den Brand zu legen, hatten Sie übersehen, daß vor der kleinen Durchfahrt an der Post noch der Autobus der Kapelle parkte, die auf dem Feuerwehrball gespielt hat.«

»Durch den Bus war aber jede Sicht auf den Scheunenweg versperrt.« Der Kriminaltechniker weist auf seine Skizze. »Der Brandstifter ist tatsächlich durch das Giebelfenster in die Scheune eingestiegen, das stimmt. Genau unter dem Fenster wurden die Brandherde entdeckt.«

Koslowski fährt fort: »Da Sie das nicht, wie Sie behaupten, beobachtet haben können, es aber trotzdem wissen, müssen Ihre Kenntnisse aus der selbst verübten Tat stammen, Herr Blume!«

»Und die jungen Burschen? Krüger kann beweisen, daß ...«

»Wenn man eine Scheune ernsthaft anstecken will, posaunt man das wohl kaum auf offener Straße aus. Außerdem sind Sie ihnen ja zuvorgekommen, als Sie gemerkt hatten, daß es leicht war, andere in Verdacht zu bringen.«

»Das sind doch alles Spitzfindigkeiten. Womit sollte ich denn den Brand gelegt haben?«

Brugsch, der an einem altersschwachen Rollschrank lehnt und der Vernehmung schweigend gefolgt ist, tritt nun an den Tisch. »Sie haben doch heute nacht noch an der Autobahntankstelle fünf Liter getankt? Warum eigentlich?«

»Weil mein Benzin alle war, was sonst?«

»Eben. Sie hatten es beim Brandlegen verbraucht!«

»Unsinn, ich habe es verfahren.«

»Wir haben festgestellt, wann Sie das letztemal getankt hatten. Gestern abend, hier im Ort, fünf Liter. Bis zur Autobahn haben Sie mit Ihrem Krad noch nicht einmal einen halben Liter verbraucht. Wo sind also die restlichen viereinhalb Liter geblieben?«

Blume fällt weiter nichts mehr ein, als aufzutrumpfen: »Ich bin immer ein fortschrittlicher Mensch gewesen. Da können Sie sich überall erkundigen. Warum sollte ich denn nur Brände legen?«

»Vielleicht aus Wut oder angestautem Ärger«, sagt Koslowski gelassen. »So mancher Feuwehrmann wurde beim Kokeln erwischt, weil ihm der Anblick lodernder Flammen Spaß und eine gewisse Befriedigung verschafften. Oder der Haß auf die genossenschaftliche Entwicklung in der Landwirtschaft hat Ihr Handeln bestimmt. Ich bin mir sicher, daß wir das Tatmotiv noch aufdecken werden.« Und nach kurzer Pause: »Wollen Sie jetzt ein Geständnis ablegen?«

Blume antwortet nicht mehr.

Nasse Fische

Der Fahrdienstleiter des Reichsbahnstellwerkes hatte als erster die grausige Entdeckung gemacht. Auf dem Heimweg vom Nachtdienst, als er hinter der Autobahnbrücke den Bahndamm überquerte, sah er die rötlichen Flecke auf der Gleisschwelle und dann, auf den Schottersteinen liegend, das Bein! Er brauchte nur kurz hinzusehen, um zu wissen, daß es von einem Zug abgefahren worden war, gleich unterhalb des Knies. Die Innenkante der Schiene war noch blutbeschmiert.

Atemlos war er zum Stellwerk zurückgelaufen und hatte über das Streckentelefon die nächste Bahnstation benachrichtigt. Der Stationsvorsteher alarmierte dann die Transportpolizei und den Abschnittsbevollmächtigten der VP, doch wenige Stunden später mußte die Mordkommission die Ermittlungen übernehmen. Die Vermutung, daß es ein Unfall war, wurde schon durch die ersten oberflächlichen Untersuchungen widerlegt.

Oberleutnant Schulz, Leiter der Mordkommission, läßt sich über die bisherigen Ermittlungen Bericht erstatten, während Leutnant Becker und Leutnant Koch die routinemäßige Untersuchung des Fundortes nach Tatspuren vornehmen und die Ergebnisse fotografisch festhalten.

Als Schulz zu ihnen tritt, nickt ihm Becker gelassen zu. »Klare Sache, Genosse Oberleutnant! Die Person, der das Bein abgefahren wurde, ist den Bahndamm hinuntergeschleift und dann mit einem Auto abtransportiert worden.«

Er deutet dabei auf den schräg abfallenden Bahndamm, an dessen Fuß ein ausgefahrener Feldweg vorbeiführt, der linkerhand von der Autobahn herkommt und rechts in einem Birkenwäldchen endet. Die nächste Ortschaft liegt mehr als zehn Kilometer entfernt.

Vorsichtig steigen Schulz und Becker den Bahndamm hinunter, der eingetrockneten Blutspur folgend, die durch niedergetretene Grashalme führt. »Ja, und da verlassen sie uns ...« brummt Becker, als sie unten ankommen.

»Hier wartete der Wagen.« Er kniet jetzt nieder und weist auf eine kurze Radspur, die deutlich das Profil eines Autoreifens zeigt.

»Schon mit Gips ausgegossen?« fragt der Oberleutnant.

Becker nickt, sagt dann: »Der Wagen muß hier längere Zeit gestanden haben, sonst wäre die Spur nicht so ausgeprägt.«

Leutnant Koch kommt jetzt von oben und schaltet sich in das Gespräch ein. »Ich vermute, ein Sittlichkeitsverbrechen! Die Fußnägel sind lackiert. Eine Frau also. Ein Autokavalier wird eine Anhalterbekanntschaft gemacht haben. Er war auf ein Abenteuer aus und bog dazu in den Feldweg ein. Die Frau war dann wohl doch nicht einverstanden, schrie um Hilfe, und da erwürgte sie der Täter.«

Schulz schüttelt unwillig den Kopf. »Wie soll ihr

denn dabei das Bein abgefahren worden sein? Eine Tote kann doch nicht mehr auf den Bahndamm klettern.«

»Der Mörder war es«, fährt Koch unbeirrt fort. »Er legte sie auf die Schienen, um einen Selbstmord oder einen Unfall vorzutäuschen. Als er erkannte, daß nur das Bein abgefahren wurde, schleppte er sie zum Wagen zurück.«

»Daran glaub ich nicht«, wendet Becker ein. »Sittlichkeitsverbrechen laß ich gelten, aber nicht hier am Bahndamm. Das Bein ist unbekleidet. Am Bahndamm zieht man einer Frau nicht Schuhe und Strümpfe aus. Im Schlafwagen mag sich das alles abgespielt haben. Alleinreisende Schöne, der ein Verehrer nachsteigt. Sie wehrt sich, er wird handgreiflich, sie ruft nach dem Schaffner, in seiner Angst würgt und tötet er sie. Wirft die Leiche aus dem Abteilfenster.«

»Schrecklich«, sagt Schulz mit ironischem Lächeln, wird aber sofort wieder ernst. »Wo zaubern Sie das Auto her, das am Bahndamm wartete und die Leiche abtransportierte? – Also Schluß jetzt mit den abstrakten Theorien«, beendet er die Unterhaltung. »Erst müssen wir herausbekommen, wem das abgefahrene Bein gehört, dann wird sich auch ergeben, was hier vorgegangen ist. Aber das mit dem Schlafwagen ist keine schlechte Idee. Lassen Sie nachher gleich feststellen, welche Züge mit Schlafwagen diese Strecke befahren haben und ordnen Sie über Fernschreiber an, daß das Schlafwagenpersonal vernommen wird. Soweit mir bekannt ist, sammeln die Schaffner die Fahrkarten bei Antritt der Fahrt ein und händigen sie den Reisenden erst am Zielbahnhof aus. Wenn also unterwegs jemand verschwunden ist, müßte seine Fahrkarte ja noch vorhanden sein ...«

Um Mitternacht trifft über Fernschreiber eine Meldung aus München ein. Der Schaffner des Interzonenzuges Berlin–München versichert, daß alle von ihm betreuten Reisenden wohlbehalten ihr Ziel erreichten.

Dieses Fernschreiben unterscheidet sich in nichts von dem anderen halben Dutzend, das vorher auf den Schreibtisch des Oberleutnants geflattert war. Es gibt keinen Anhaltspunkt dafür, daß die Tat im Schlafwagen verübt wurde. Gelassen, mit der Korrektheit eines Buchhalters, hakt Schulz auf seiner Liste mit den einzelnen Punkten des Einsatzplanes die Ziffer 1 ab und fragt: »Ist die Untersuchung des Beines schon durchgeführt? Rufen Sie mal bei Dr. Menzel im Institut an, Genosse Becker! Morgen früh muß dann mit allen Krankenhäusern und Ärzten in der DDR Verbindung aufgenommen werden.«

Becker drückt nervös seine Zigarette aus, sagt voller Skepsis: »Vielleicht ist alles nur eine Finte? Kann doch sein, daß der Mord ganz woanders verübt wurde und der Mörder die einzelnen Teile verstreute, um uns irrezuführen?«

Schulz sieht nur kurz von seiner Liste auf. »Auch möglich, darum werden wir morgen früh die Zentrale Vermißtenkartei einschalten. Wenn jemand ermordet wurde, muß er ja irgendwo vermißt werden.«

In diesem Augenblick tritt Leutnant Koch ein. »Der Untersuchungsbefund!«

»Was Besonderes?« unterbricht ihn Schulz ungeduldig.

»Wie man's nimmt. Der Unfall ist nicht früher als zwölf Stunden vorm Auffinden des Beines geschehen. Nach der Fußgröße und dem Knochenbau handelt es sich um eine Frau. Der Senk- und Spreizfuß deutet auf stehende Beschäftigung hin. Verkäuferin, Krankenschwester oder so etwas. Die Wachstumslinien lassen auf ein Alter zwischen 24 und 40 Jahren schließen. Nach der Beinbehaarung ist ihre Haarfarbe dunkelblond. Die Fußmessungen lassen auf eine Körpergröße von 155 cm bis 165 cm schließen. Zwischen den Zehen des Fußes befinden sich erhebliche Mengen Seesand. Das wird uns vielleicht weiterhelfen. Die Fußsohle ist aufgerauht und die Haut sonnenverbrannt. Es läßt sich mit Gewißheit sagen, daß die Verunglückte oder Ermordete bis kurz vor ihrem Tod am Meer gewohnt oder dort ihren Urlaub verbracht hat.«

Leutnant Becker lacht amüsiert. »Na also, dann ist ja alles nur noch ein Kinderspiel. Wieviel Seebäder und Fischerdörfer haben wir an der Ostsee? Hunderte bestimmt! Und wieviel Menschen verbringen im Sommer dort ihren Urlaub? Einige hunderttausend gewiß!«

»Wenn alles andere uns nicht weiterbringt, wird uns nichts übrigbleiben, als zu überprüfen, ob sie noch am Leben sind, Becker«, sagt Schulz unerwartet und in vollem Ernst.

Der Leutnant verschluckt sein Lachen und knurrt: »Na, dann gute Nacht, Genosse Oberleutnant.«

Schulz hat sich inzwischen von seinem Sessel erhoben und das Fenster geöffnet, um die Nachtluft hereinzulassen. Nach der Hitze des heißen Sommertages bringt sie endlich Erfrischung. Erst nach ein paar tiefen Atemzügen sagt er: »Wir werden uns ein paar Stunden aufs Ohr legen und morgen früh weitermachen.«

Sämtlichen Maßnahmen, die der Oberleutnant eingeleitet hat, ist der Erfolg versagt. So bleibt nur noch die Überprüfung aller in der fraglichen Zeit aus Ostseebädern abgereisten dunkelblonden Frauen im Alter von 24 bis 40 Jahren. 7124 Frauen sind nach den Auskünften der örtlichen VP-Dienststellen in den drei Tagen vor dem vermuteten Mord von der Küste abgereist. 146 weitere Frauen müssen noch zusätzlich überprüft werden. Die Grenzkontrollstellen haben sie gemeldet. Es sind Urlauberinnen, die aus Seebädern der Volksdemokratien zurückkehrten oder Ausländerinnen, die in der DDR auf Urlaub waren und ihn an der See verbrachten.

Wochen vergehen. Ungezählte Telefongespräche werden geführt, Fernschreiben gewechselt, persönliche Recherchen vorgenommen. Immer neue Spuren finden sich, denen nachgegangen werden muß. Eine Frau war ihrem Mann auf der Urlaubsreise durchgebrannt und illegal, ohne Paß, mit ihrem Geliebten nach Italien gereist, während die Mordkommission sie für tot hielt und nach ihrer Leiche forschte.

Eine Zahnärztin hatte eine Urlaubsreise vorgetäuscht, um unbehelligt im Westen eine Erbschaft antreten zu können. Ihre Praxis hatte ihr geschiedener Mann übernommen. Der Verdacht, daß die angebliche Erbschaft von ihm erfunden sei und er seine ehemalige Frau umgebracht habe, um sich in den Besitz der Praxis zu setzen, erweist sich als unbegründet.

Eine Fotolaborantin war aus dem Urlaub nicht an ihren Wohnsitz zurückgekehrt. Ihre Wirtin gab zwar an, sie habe in Leipzig eine neue Stelle angetreten, aber es bestand die Möglichkeit, daß man sie auf ihrer Fahrt dorthin umgebracht hatte. Die Rückfrage in Leipzig bestätigt indessen, daß sie wohlbehalten ihre Stellung angetreten hat.

Noch einem Dutzend ähnlicher Spuren muß nachgegangen werden, aber am Ende aller 7270 Überprüfungen steht das enttäuschende Fazit: Alle in Frage kommenden Frauen befinden sich bei bester Gesundheit!

»Kommen wir so nicht zum Ziel, müssen wir's

eben anders herum versuchen«, sagt Schulz nach über sechswöchiger vergeblicher Arbeit mit ungebrochener Zuversicht, während Leutnant Becker schon bereit ist, die Akte zu den unaufgeklärten Fällen zu legen: »Packen Sie sie zu den ›Nassen Fischen‹, Genosse Oberleutnant«, rät er im Fachjargon.

Zwei Hundertschaften Polizei, ein Dutzend Fährtenhunde und die modernsten Suchgeräte des Bergbaurettungsdienstes werden mobilisiert, um die weitere Umgebung des Bahndammes abzusuchen in der Hoffnung, die Leiche irgendwo vergraben zu finden. Vergeblich! Alle Bewohner im Umkreis von 50 Kilometern werden nach den geringsten Beobachtungen ausgefragt. Vergeblich! Als selbst Schulz geneigt ist, die Nachforschungen aufzugeben, kommt die überraschende Wendung.

In einem Dorfgasthaus, in dem er mit Becker übernachtet, erzählt ihnen der Wirt, als er hört, daß sie beide von der Kriminalpolizei sind, von zwei höchst geheimnisvollen Vorfällen, die sich am Orte zugetragen haben. Ihm selbst sei bei Nacht und Nebel vom Hof eine wertlose Benzintonne gestohlen worden, und eine Nacht später wurde dann in einen kaum noch benutzten, auf freiem Feld stehenden Geräteschuppen eingebrochen. Gestohlen wurde zwar nichts, aber auf dem Steinboden des Schuppens fand man mehrere handgroße Blutflecke. Erst habe man geglaubt, Hühnerdiebe hätten hier ihre Beute geschlachtet, aber später stellte sich heraus, daß im Dorf nicht ein einziges Kücken vermißt wurde. Deshalb habe man die Sache auf sich beruhen lassen und keine Anzeige erstattet.

Voller Spannung sehen Schulz und Becker dem Wirt zu, als er nun an seinen Fingern nachrechnet, wann der Einbruch gewesen sein könnte: »In der Nacht vom 26. zum 27. Juli«, sagt er schließlich.

Die Nacht vom 26. zum 27. Juli war die Tatnacht!

Wenige Stunden später hat der sofort alarmierte Kriminaltechnische Bereitschaftsdienst die auf dem Steinfußboden des Geräteschuppens noch deutlich erkennbaren Blutflecken einer Benzidinprobe unterzogen und ihre Blutgruppe ermittelt. AB – die gleiche Gruppe, die die Untersuchung des abgefahrenen Beines ergeben hatte. Es kommen aber noch weitere Spuren zutage. Eine halbaufgerauchte Orientzigarette und mehrere Spritzer Lötzinn, die das geheimnisvolle Verschwinden der leeren Benzintonne aufklären helfen. Aus der Tonne hatte der Mörder mit einem Schneidbrenner eine Stirnwand herausgeschweißt und dann die im Schuppen vorher zerstückelte Leiche eingelötet. Der Schuppen besitzt Netzanschluß, am Fußboden finden sich Rußflecke, die vom Schneidbrenner herrühren. Ungeklärt bleibt vorerst noch: Wo ist die Tonne mit der Leiche geblieben?

Ein Bauer gibt den ersten brauchbaren Hinweis. In den frühen Morgenstunden des 27. Juli war er auf dem Wege zu seinem Acker einem alten DKW-Personenwagen begegnet, dessen hintere Hälfte mit einer Pritsche versehen war. Wer am Lenkrad des Wagens saß, habe er nicht beobachtet, aber daß auf der Pritsche eine Benzintonne stand, könne er beschwören.

Ein Bierkutscher meldet sich als zweiter Zeuge. Er war ein paar Kilometer straßenabwärts, ebenfalls am Morgen des 27. Juli dem DKW mit der Pritsche begegnet. Aber eine Benzintonne hatte da bestimmt nicht draufgestanden, das könne er auf seinen Eid nehmen.

Der vermeintliche Widerspruch klärt sich schnell auf, als Schulz und Becker mit den beiden die bezeichnete Chaussee abfahren. Sie führt an einer chemischen Fabrik mit anschließendem Lagerplatz vorbei, auf dem Hunderte solcher Benzintonnen herumstehen, die alle einander gleichen wie ein Ei dem anderen. Der Lagerplatz ist nur von einem knapp brusthohen, löcherigen, teilweise schon umgefallenen Maschendrahtzaun umgeben.

Leutnant Becker sagt als erster: »Der Bursche hat die Tonne hier seelenruhig abgestellt ...«

An der zugelöteten Stirnwand erkennen sie die gestohlene Tonne des Gastwirts. Geruch und Anblick der bestialisch zerstückelten und schon bis zur Unkenntlichkeit verwesten Leiche sind auch für die beiden erfahrenen Kriminalisten furchtbar. Erst die Obduktion liefert den einzigen brauchbaren Anhaltspunkt zur Identifizierung der Ermordeten. Eine neugearbeitete Zahnbrücke aus Gold!

»Solche Arbeit wird jeder Zahnarzt, der sie einmal in Händen hatte, auf den ersten Blick wiedererkennen«, sagt Schulz zufrieden.

In Berlin haben die Ermittlungen dann auch Erfolg. Der einundsiebzigste von Leutnant Becker aufgesuchte Zahnarzt sagt: »Ja, natürlich, die habe ich eingesetzt. Warten Sie mal ...« Dann sucht er eine Karteikarte heraus und nickt: »Stimmt, einem Fräulein Irmgard Markert, Berliner Straße 112. Ist eine Fotolaborantin, wenn ich mich recht entsinne.«

Die freundliche alte Dame, die Becker anschließend in der Berliner Straße aufsucht, schüttelt unwillig den Kopf, als er seinen Ausweis zeigt und nach Fräulein Markert fragt. »Was ist denn nur bei Ihnen für eine Ordnung?« sagt sie ungehalten. »Vor Wochen habe ich schon einem Kollegen von Ihnen gesagt, daß Fräulein Markert im Anschluß an ihren Urlaub eine neue Stelle in Leipzig angetreten hat. Im ›VEB Feinmeßgeräte‹ arbeitet sie jetzt, hat sie mir geschrieben.« Und wie zum Beweis für ihre Behauptung holt sie auch den mit der Schreibmaschine geschriebenen Brief der Markert.

»Kollegin Markert«, sagt der Kaderleiter, »die ist bei uns tätig. Als Fotolaborantin in der Werbeabteilung. Eine tüchtige Kraft und eine gute Kollegin. Am 28. Juli hat sie bei uns angefangen.«

Schulz und Becker sehen einander fassungslos an. Die Ermordete lebt? Sie wollen es noch immer nicht glauben, aber es gibt keinen Grund mehr, daran zu zweifeln. Die aus Berlin mitgekommene Kaderakte der Markert, ihr Personalausweis und schließlich sie selbst, als sie ihnen wenig später, ein bißchen erschrocken darüber, daß man sie für ermordet hält, gegenübersteht, bestätigen es. Als sie dann lächelt, ist eine Reihe lückenloser Zähne in ihrem Munde zu erkennen.

»Dann entschuldigen Sie bitte«, sagt Schulz verwirrt, als sie sich verabschieden. Erst als er mit Becker wieder im Dienstwagen sitzt, fragt er ungläubig: »Verstehen Sie das?«

Der Leutnant zuckt nur gleichmütig mit den Schultern. »In der Geschichte kann mich überhaupt nichts mehr erschüttern. Aber die Identifizierung an Hand der Zahnprothese war vielleicht doch ein bißchen gewagt. Solche Dinger werden ja wohl noch öfter angefertigt, und schließlich ist eine Zahnprothese kein Fingerabdruck.«

Schulz antwortet nicht gleich, sieht eine Weile gedankenverloren dem vorüberflutenden Straßenverkehr zu und sagt erst nach langem Überlegen: »Ich weiß nicht warum, aber ich hab das Gefühl, hinter der Sache steckt mehr, als wir in unseren kühnsten Träumen ahnen. Mir gefällt diese Markert nicht!«

»Dann fahren wir doch zurück und nehmen sie fest«, sagt Becker. »Wenn etwas mit ihr nicht stimmt, werden wir es im Verhör schnell herausbekommen.«

»Ich hab einen Plan«, antwortet Schulz. »Sie fahren sofort nach Berlin und holen die Wirtin der Markert her. Morgen werden wir die beiden unauffällig konfrontieren.«

»Und wenn die inzwischen die Kurve kratzt?«

»Dann würde sie sich sofort verraten, außerdem wird sie Leutnant Koch mit einem Sonderkommando beschatten.«

Um siebzehn Uhr hält gegenüber dem Werkeingang des »VEB Feinmeßgeräte« eine Taxe. Im Fond sitzen Oberleutnant Schulz, Leutnant Koch sowie die VP-Meister Krohn und Laube und beobachten den Strom der Werktätigen.

»Da kommt sie! Los, hinterher.« Schulz schiebt Koch förmlich zur Wagentür hinaus. Während Koch der Markert folgt, gehen die beiden Polizeimeister in entgegengesetzter Richtung davon, wo ein mit Funkanlage ausgestatteter Wartburg-Lieferwagen auf sie wartet. Damit folgen sie der Frau.

Der kriminalistische Aufwand erweist sich als unnötig. Völlig ungezwungen fährt die Markert mit der Straßenbahn bis zur Universitätsbibliothek, wo sie sich als regelmäßige Besucherin ausweist.

In der Bibliothek entnimmt sie dem Zettelkasten einen Buchbestellschein und füllt ihn an einem Stehpult aus. Dabei fällt ihr die Handtasche herunter, und als Koch zu Füßen des Pults zufällig einen Reißnagel liegen sieht, der offensichtlich aus der Handtasche stammt, hebt er ihn aus Berufsroutine auf.

Nach Verlassen der Bibliothek fährt die Markert mit der Straßenbahn nach Hause. Leutnant Koch und seine Männer drücken sich die ganze Nacht vor dem Haus herum. Müde und überreizt folgt der Leutnant ihr am anderen Morgen wieder bis zum Werkeingang.

Dort steht bereits der graue EMW der Mordkommission. Leutnant Becker ist aus Berlin zurückgekehrt. »Na, Frau Ücker«, sagt Becker, nachdem die alte Frau der Markert nachgesehen hat, bis sie im Eingang verschwindet. »Ist sie es nun, oder ist sie's nicht?«

Sie sieht ihn unsicher an und sagt zögernd: »Ihre Kleidung ist es bestimmt, Herr Leutnant.«

»Sie müssen doch sagen können, ob sie es ist. Sie hat doch fast zwei Jahre bei Ihnen gewohnt.«

»Über zwei Jahre. Gleich als sie aus Polen kam, zog sie zu mir. Ich war der einzige Mensch, den sie kannte.« Plötzlich stockt sie. »Jetzt fällt mir etwas ein. Ihre Frisur, Herr Leutnant, die Markert trug doch einen altdeutschen Dutt ...« Becker unterbricht sie: »Aber den hat sie doch jetzt noch.«

»Naja, das ist es ja! Ehe sie auf Urlaub fuhr, hatte ich ihr zugeredet, sich die Haare abschneiden zu lassen. Und sie tat es auch, am Tag vor ihrer Abreise. Na, und so lang können die doch unmöglich in den zehn Wochen wieder gewachsen sein!«

Es ist vier Uhr morgens. Erschöpft lehnt der Oberleutnant am Fenster seines Arbeitszimmers und sagt: »Also fassen wir noch einmal zusammen: Die Ermordete ist Irmgard Markert. Ermordet wurde sie im Schlafwagen auf der Fahrt von Binz nach Leipzig. Aber wie das geschah, ist noch ungeklärt.«

Becker fällt Schulz ins Wort: »Aber ich denke, das ist doch klar. In ihrem Abteil hatte eine Ingrid Vogel das zweite Bett gebucht. Diese Vogel aber ist unauffindbar. Die angegebene Leipziger Adresse stimmt nicht. Ergo kann doch nur diese Vogel die Mörderin der wirklichen Markert sein!«

»Das ist eine Hypothese.«

Becker zuckt mit den Schultern. »Für mich ist da nichts hypothetisch. Die Frau im ›VEB Feinmeßgeräte‹ beweist doch alles. Sie besitzt die Papiere der Markert und trägt ihre Kleider.«

Schulz lächelt. »Nun gut, bleiben wir erst mal bei

Ihrer Hypothese. Wie erklären Sie dann aber die Aussagen der Schlafwagenschaffner, daß sie die Fahrkarten den Reisenden alle persönlich zurückgegeben haben?«

Aufgebracht erwidert Becker: »Ich bin oft genug im Schlafwagen gereist. Der Schaffner geht von Abteil zu Abteil und reicht die Karten rein. Die Mörderin brauchte doch nur zu sagen: ›Huch, wir ziehen uns gerade an, Herr Schaffner‹; da hätte er ihr bestimmt die Karten ausgehändigt, ohne dabei ins Abteil hineinzusehen.«

»Mag sein, Becker, auch das will ich gelten lassen, aber warum, um alles in der Welt, wurde denn solch ein raffinierter Mord ausgeheckt? Diese Markert war doch ein völlig bedeutungsloses Wesen, und ihre kleine Laborantenstelle war doch weiß Gott nicht so attraktiv, um sie deswegen aus dem Weg zu räumen.«

In den nächsten Wochen konzentriert sich die Arbeit der Mordkommission auf zwei völlig neue Aufgaben. Die Untersuchung der am Ort der Leichenzerstückelung gefundenen Zigarettenkippe ergibt, daß der Raucher einen codeinhaltigen Hustensaft eingenommen hatte, wie er bei chronischem Reizhusten vom Arzt verschrieben wird. Auf Grund dieses Hinweises werden alle Ärzte und Apotheken befragt, an wen sie einen derartigen Hustensaft verabfolgt haben. Die Nachfrage ergibt, daß der Rentnerin Ida Hoffmann, dem Karussellbesitzer Sebold, dem Lastwagenfahrer Krüger und dem Caféhauskellner Zechlin in der fraglichen Zeit codeïnhaltiger Hustensaft verordnet wurde. Alle vier werden überprüft und überwacht, ob sie Verbindung zu der Markert haben oder aufnehmen. Alles ohne den geringsten Erfolg. Bis zum 99. Tage der Fahndung!

Am Morgen dieses ereignisreichen Tages meldet der mit der Beschattung der Markert betraute Leutnant Koch: »Mit den Bibliotheksbesuchen der Frau stimmt etwas nicht. Gestern abend war sie zum drittenmal dort, um sich ein Buch zu bestellen. Seltsamerweise hat sie die beiden in den vorangegangenen Wochen bestellten Bücher nie abgeholt, sondern immer nur ein neues bestellt. Ich vermute, ihre bibliophile Leidenschaft ist nur irgendein Tarnungsmanöver!«

Kaum zwei Stunden später erscheint Becker, dem die Überwachung des Kellners Zechlin oblag. »Ich glaube«, sagt er, »es war doch ganz gut, die Markert nicht zu verhaften. Zechlin ist heute früh in der Universitätsbibliothek gewesen und hat in der Stichwortkartei herumgesucht, genau wie sonst die Markert. Ich vermute, sie benutzen die Kartei, um sich Nachrichten zukommen zu lassen, ohne dabei miteinander in Berührung zu kommen. Als Zechlin den Raum verließ, habe ich ihn genau im Auge behalten. Er trat an das Schreibpult, an dem sonst die Markert ihre Zettel schrieb, tat auch, als fülle er einen Bestellschein aus, und dabei sah ich dann, wie er unauffällig ...«, hier unterbricht Becker seinen Bericht und legt einen blanken goldenen Reißnagel auf den Schreibtisch. »Hier, den hat er unter das Pult, in die rechte obere Ecke eingedrückt!«

Wortlos holt Schulz aus der Schreibtischschublade den Reißnagel, den Leutnant Koch in der Bibliothek gefunden hatte. Beide Reißnägel sind von gleicher Form, Farbe und Größe und tragen als Monogramm einen kleinen geprägten Schlangenleib auf dem Kopf.

Das Telefon läutet. VP-Meister Wohlert, der Zechlins Beobachtung seit Verlassen der Bibliothek übernommen hat, meldet: »Zechlin bestieg die Straßenbahn 28 und fuhr in Richtung Markleeberg. Kurz vor dem Heinrich-Schütz-Platz sprang er ab und stieg dann in einen DKW-Personenwagen mit einer aufgebauten Lastenpritsche. Der DKW fuhr in Richtung Innenstadt. Am Bayrischen Platz stieg Zechlin aus und fuhr nun mit der Straßenbahn in sein Café, das um elf Uhr öffnet.«

»Und der DKW? Wo ist der geblieben? Haben Sie den etwa fahren lassen?« fährt ihn Schulz erregt an.

»Zwei Funkwagen sind hinter ihm her, Genosse Oberleutnant. Sie geben regelmäßig Standortmeldungen an die Leitstelle.«

»Danke. Nehmen Sie sofort Zechlin fest und bringen Sie ihn her.« Noch ehe Becker Fragen stellen kann, befiehlt ihm Schulz: »Los, es ist Zeit zum Zupacken. Holen Sie auf schnellstem Wege die angebliche Markert her!«

»Und Sie?«

»Ich greif mir den DKW. Zwei Funkwagen haben ihn aufgespürt.«

Langsam fährt der DKW durch die Innenstadt, schlägt die Richtung nach Lindenau ein und hält vor einem kleinen Häuschen, an dem »Radio-Reparaturwerkstatt Bungert« steht.

Die beiden Funkwagen schirmen sofort die nächsten Seitenstraßen ab, dann verlassen Schulz und zwei uniformierte Volkspolizisten den EMW und gehen mit gezogenen Pistolen auf den DKW zu.

Ein breitschultriger Mann klettert hinter dem Lenkrad hervor, hebt die Hände, lacht dabei und sagt zur Überraschung aller: »Verzeihung, Genosse. Fassen Sie bitte mal in meine linke Jackettasche. Ich kann es im Moment leider nicht selbst tun.«

Schulz faßt in die Tasche und fühlt eine Lederschlaufe, die am Innenfutter befestigt ist, zieht daran eine Ausweishülle heraus und liest dann mit entgeistertem Gesicht: »Ministerium für Staatssicherheit, Ausweis ... Major ...«

Als sich die beiden Männer vierzehn Tage später im Zimmer des Chefs der Kriminalpolizei erneut gegenüberstehen, sagt der vermeintliche DKW-Besitzer: »Meine Anerkennung, Genosse Oberleutnant. Ihre Ermittlungsarbeit hat den größten Anteil an der Unschädlichmachung dieser gefährlichen Agentenbande. Ohne Sie und die anderen Genossen hätte ich wohl noch eine ganze Weile als Agentenfunker mit dem DKW herumkutschieren müssen.«

»Wie sind Sie eigentlich zu diesem ungewöhnlichen Posten gekommen?«

Der Major lächelt verschmitzt. »Diese Radio-Reparaturwerkstatt, vor der Sie mich ›festgenommen‹ haben, war ein Funkstützpunkt. Um beim Senden von Nachrichten nicht angepeilt zu werden, hatten sie das Sendegerät im DKW eingebaut und setzten es nur während der Fahrt in Betrieb. Es bereitete uns Tag und Nacht Kopfschmerzen, den Standort des Senders auszumachen. Aber wir sind ihnen dann doch auf den Trichter gekommen und haben Bungert auf frischer Tat festgenommen. Weil Bungert jedoch die Komplizen der Bande nicht kannte und ihnen nur über ›Tote Briefkästen‹ Nachrichten zukommen ließ, spielte ich seine Rolle weiter und setzte die Funkverbindung mit der Geheimdienstzentrale fort. Auf diese Weise kamen wir Zechlin auf die Spur, der die von Bungert erhaltenen Befehle und Nachrichten über einen TBK in der Universitätsbibliothek weiterbeförderte. Nur, an wen er sie weitergab, bekam ich nicht heraus.«

Schulz hat inzwischen die beiden Reißnägel aus der Tasche geholt. »Wozu dienten die eigentlich?«

»Sie gehören zur Ausrüstung. Mit ihnen wird an verabredeten Stellen angezeigt, ob ein TBK mit Nachrichten beschickt ist oder ob etwa Gefahr im Anzuge ist und der Briefkasten nicht aufgesucht werden darf.«

»Und die Markert alias Vogel, welche Rolle spielte sie?«

»Sie heißt in Wirklichkeit Renate Burgmann. Nach dem Kriege lebte sie zuerst in Frankfurt am Main, verkehrte mit Besatzungsangehörigen und geriet dabei in die Fänge des amerikanischen Geheimdienstes, der sie für Sonderaufträge ausbildete.«

»Aber wozu das alles? Um im ›VEB Feinmeßgeräte‹ ...?«

»Der VEB war nur als Zwischenstation vorgesehen. Im Forschungszentrum unserer Luftfahrtindustrie in Dresden sollte sie eingesetzt werden. Dafür brauchte man aber einen lückenlosen kaderpolitischen Lebenslauf. Das makellose Leben der richtigen Irmgard Markert bildete das Fundament. Die Burgmann hätte noch in ein paar bedeutungslosen Betrieben gearbeitet, um die Kaderakte zu komplettieren, und dann wäre sie ins Forschungszentrum eingeschleust worden. Auf diese Weise hätte sie auch der genauesten Überprüfung standgehalten. Ihr Aussehen und ihre Frisur wurden genau auf das Äußere der Markert abgestimmt.«

»Wobei man allerdings nicht mehr mitbekam, daß die sich in letzter Minute ihren Knoten abschneiden ließ«, bemerkt Schulz. »Und im Schlafwagen wurde dann der Rollentausch vorgenommen?«

»Ja, mit einer vergifteten Praline brachte die Burgmann die Markert um. Der Kellner Zechlin und der Funker Bungert warteten an der verabredeten Stelle am Bahndamm. Was dann weiter geschah, haben Sie ja selbst erlebt.«

Eine Weile herrscht Schweigen zwischen den Männern, dann sagt Schulz kopfschüttelnd: »Ich hätte früher so etwas nie für möglich gehalten!«